Hans Nicklisch · Meine Frau ist ein Engel

Hans Nicklisch

Meine Frau ist ein Engel

Ein heiterer Roman

Universitas

Umschlagentwurf: Ingeborg Haun, Ismaning
nach einer Idee von Madelon Nicklisch
Satz: type center, München
Druck: Druckerei Welsermühl, Wels, OÖ
Printed in Austria 1981
ISBN: 3-8004-1004-4

Allen Engeln mit und ohne Flügel

Erstes Kapitel

Alles stimmt bis aufs I-Tüpfelchen: Es ist sein Schlafzimmer, genauer gesagt, Angelas und seins. In der Ecke der Kleiderschrank, kein windiger, modisch-glatter lackierter Kasten, in den man keinen Anzug ordentlich reinhängen kann, sondern ein solides, geräumiges Möbel mit Kugelaufsatz und in die Tür eingelassenem Spiegel, Nußbaum natürlich, noch ein Erbstück von seinen Eltern. Vor der Blümchentapete daneben das goldgerahmte, ovale Obststilleben in Öl, ein Hochzeitsgeschenk von Tante Annie, im Winkel am Fenster Angelas Toilettentisch mit dem plüschenen Sesselchen davor – nichts fehlt, alles stimmt, es könnte wahrhaftig Wirklichkeit sein. Aber er träumt! Er, Florian Seidel, Verwaltungsinspektor des Städtchens Zumpelshausen am Hasenberg, dessen gediegenen Schlaf bisher nie Träume welcher Art auch immer beunruhigt haben, träumt erstmalig, muß ja träumen, denn was er da sieht, ist nicht nur absolut unstatthaft, sondern auch trotz der wirklichkeitsgetreuen Kulisse völlig, ja geradezu lächerlich unmöglich.

Angela sieht er, aber nicht neben sich im zweischläfrigen Ehebett, wie es sich gehört, sondern draußen vorm Fenster, schwebend im ersten hauchzarten Morgenlicht mit ausgebreiteten weißen Flügeln gleich einem Engel. Langsam senkt sich der Engel herab, landet in sanftem Gleitflug auf dem Balkon, zieht sogar die Engelsfüßchen ein bißchen ein, um das Windengerank des Blumenkastens zu schonen . . .

Und dann ist es plötzlich aus mit dem Traum. Ob der ins Zimmer dringende Glanz Aura des himmlischen Boten ist oder in der Scheibe sich spiegelnder erster Frühschein der hinter dem Hasenberg aufgehenden Sonne, bleibt ungewiß, denn die sanfte Dünung des Schlafs spült das unmögliche Traumbild fort und zieht den Schläfer zurück in ihre traumlosen, warmen Tiefen. Und da Sonntag ist und der auf Bürostunden eingestellte innere Wecker sich nicht zu funktionieren verpflichtet fühlt, wacht er erst auf, als die Sonne schon in leuchtenden Bahnen ins Zimmer strömt.

Das erste, was er in ihrem Leuchten sieht, ist wiederum Angela, die sich vor dem Kleiderschrankspiegel das Nachthemd von den Schultern streift und mit nach hinten gerecktem Kopf irgend etwas auf ihrem Rücken zu erspähen sucht.

»Komm doch rasch mal her!« ruft sie, als sie hört, daß er sich rührt, und als er gleich darauf noch nicht ganz wach im Flanellpyjama neben ihr steht und zur Aufbesserung seiner Erscheinung kurz mal über den zu Berge stehenden Haarschopf streicht – blond ist er und ein bißchen störrisch und brav kurz geschnitten –, dreht sie sich von ihm weg und fügt dringlich hinzu:

»Sag mal, siehst du was an meinem Rücken?«

Er mustert den ihm gebotenen Ausblick. Rücken ist Rücken, nur Angelas ist eben besonders hübsch: schmal, nicht zu mager, nicht zu mollig, matt seidige, vom ersten Sonnenbaden leicht bräunlich-rosige Haut, zum Streicheln verlokkend. Er hält mit Mühe seine Finger im Zaum, weil er spürt, daß jetzt nicht die rechte Gelegenheit dazu ist.

»Ich sehe nichts. Wo soll denn was sein?«

»Weiß ich nicht ... keine Ahnung ...« Ihre kribblige Stimmung ist unüberhörbar. »Bei den Schulterblättern vielleicht.«

Auch da ist nichts, nicht das geringste, so gründlich er die betreffende Gegend in Augenschein nimmt, und er gibt endlich der Lockung nach. Sie zuckt unter seinen Fingern wie von der Tarantel gestochen zusammen.

»Das ist was, nicht wahr?« ruft sie aufgeregt.

»Nichts, überhaupt nichts!« beschwichtigt er eilends. »Ich hab' bloß so ...«

»Du sollst nicht bloß so!« Sie kommt gehörig in

Fahrt. »Ich will nur wissen, ob da was ist! Hörst du? Ob da irgendwas ist?«

Florian staunt. Was hat sie nur? Von dieser Seite kennt er sie gar nicht. Sie hat eigentlich nur gute Seiten, und sonntagmorgens kehrt sie gewöhnlich die beste heraus.

»Ich sag' doch: nichts! Kein Pickelchen, kein gar nichts! Bloß eben . . . Haut!«

Vorsichtshalber hat er das »rosig« verschluckt, das ihm schon auf der Zunge schwebte, um sie nicht wieder auf die Palme zu bringen, aber er hätte es ruhig aussprechen können, denn plötzlich ist sie wie ausgewechselt, dreht sich geschwind zu ihm um, und einen Moment streicheln ihre weichen Lippen seinen Mund.

»Danke«, sagt sie lächelnd. »Du bist ein Schatz . . . ein unrasierter zwar, aber so früh am Tage kann man nichts Besseres verlangen.«

Dann verschwindet sie überraschend munter im Bad, während er sich, den Sonntag zu feiern, noch einmal ins Bett zurückbegibt, um leicht verwirrt wie schon erfahrenere Männer vor ihm seine Gedanken um die merkwürdigen Widersprüchlichkeiten weiblichen Wesens kreisen zu lassen. Einerseits konnte Angela an fremden Körpern, etwa an seinem, ungerührt Blut von Wunden tupfen und die Wunden verbinden, dabei Spöttisches über unmännliches Gehabe äußernd, wenn er sich auch nur den winzigsten Mukser erlaubte, andererseits stellte sie sich wie eben wer weiß wie an, wenn ein Jucken oder Zwicken an ihrem eigenen sie vermuten ließ, daß da irgendwo ein harmloser Mitesser sproß oder ein Mückenstich ihre Schönheit verunzierte. Ihm sind dergleichen Empfindlichkeiten bei ihr bisher zwar noch nicht aufgefallen, aber es muß sich ja wohl um sowas gehandelt haben. Oder etwa nicht?

Er knabbert noch ziellos an dieser Frage herum, als Angela morgenfrisch das Bad verläßt und ihm mitteilt, daß sie sich nun der Bereitung des Frühstücks zu widmen gedenke. Es werde, wenigstens für sie, leider kein ungestörtes Sonntagsfrühstück sein, da sie sich zwischendurch zur alten Frau Zwirnhuber ins Nebenhaus begeben müsse, um sie frisch zu machen und ihr Mittagessen vorzubereiten. Die Arme liege seit gestern wieder mal mit einem Ischiasanfall zu Bett und könne sich nicht selbst darum kümmern. Es mache ihm hoffentlich doch nichts aus?

»Als ob das was ändern würde«, seufzt Florian ergeben. »Hoffentlich vergißt du wenigstens nicht unser eigenes Mittagessen dabei.«

Da ist sie schon bei ihm, streicht ihm leichtfingrig über den verstrubbelten Kopf und hüllt ihn in ihren frischen Duft.

»Ganz bestimmt nicht. Ich bin längst vorher wieder da. Und nachmittags mach' ich mich schön, und wir gehen zur Kurmusik.«

Sie weiß, daß er sich unter den Kurgästen und Einheimischen, die sich bei dieser Gelegenheit rund um den Sebaldusbrunnen zu versammeln pflegen, gern mit ihr zeigt, und ein bißchen Tröstung ist sie ihm schließlich schuldig.

»Hoffentlich«, wiederholt er, und es klingt noch immer recht skeptisch, »hoffentlich verstaucht sich bis dahin in der Nachbarschaft niemand den Fuß oder bricht sich den Finger in der Nase ab und ruft den Engel vom Dienst zu Hilfe . . .«

Der Engel! . . . Ja, richtig! Sein unmöglicher Traum fällt ihm wieder ein, ganz deutlich steht er ihm vor Augen, und er will ihn ihr erzählen, aber sie ist schon lachend zur Küche entwichen. Natürlich, jetzt weiß er auch, wieso und warum er solchen Unfug geträumt hat. Traum und Wirklichkeit sind gar nicht so weit auseinander, denn Angela ist ihrer Hilfsbereitschaft wegen in der ganzen Nachbarschaft allgemein als »die reizende Frau Seidel« oder kurz »der Engel« bekannt.

Florian könnte ein längeres Lied davon singen. Frau Zwirnhuber ist ja kein Einzelfall. Immer ist Angela bereit, alten Muttchen die schwere Einkaufstasche vom Markt nach Hause zu schleppen, überall, wo es not tut, Babysitter zu spielen, auf der Suche nach einer entlaufenen Katze unter Autos zu kriechen und gelegentlich auch auf Bäume zu klettern, unversehens Erkrankten, die niemand sonst haben, mit Rat und Tat zur Seite zu stehen oder einem mit seinem Roller auf die Nase gepurzelten Gör zur ersten Schmerz- und Schrecklinderung ein Bonbon zuzustecken und hinterher liebevoll auf das geschundene Knie zu pusten. Alles aus dem Impuls ihres guten Herzens heraus, ohne lange zu fragen, ob jemand anders, Florian zum Exempel, sie gerade um diese Zeit erwartet.

Für ernstere Fälle, wenn etwa aus Schrammen ein bißchen Blut fließt, hat sie in ihrer geräumigen Handtasche immer das Nötige wie Heftpflaster und Jodfläschchen parat, um den Kratzer sachkundig behandeln und verbinden zu können, wie sie es als Helferin in Dr. Klinkmüllers Praxis am Altmarkt dem Rathaus gegenüber gelernt hat.

Übrigens hat sie da auch Florian kennengelernt. Ersten Begegnungen wird in der Erinnerung gewöhnlich romantisch-rosenumkränzte Verklärung zuteil, aber bei Florian ist das anders. Ihre und seine »erste« ist dem Erblühen zarter Gefühle nämlich nicht gerade überaus günstig gewesen. Bäuchlings auf der Couch im Behandlungszimmer liegend, hatte er von der Hand des Arztes eine Vitamin-B-Spritze ins freigelegte Hinterteil erwartet und war danach peinlichst überrascht gewesen, statt seiner die Helferin vor sich zu sehen.

Hinterher hatte er Klinkmüller verlegen hüstelnd gebeten, ihm doch fürderhin lieber selbst etwa noch notwendige Spritzen zu geben.

»Wieso?« verwunderte sich der Arzt. »Hat sie sich etwa ungeschickt angestellt?«

Und als Florian hastig verneinte und nur Undeutliches von »doch etwas genierlich« und »peinlicher Entblößung« murmelte, fuhr er verständnislos fort:

»Da machen Sie sich mal keine Gedanken drum, mein Lieber. Die Schwester sieht gar nicht hin, wo sie reinpiekt, und wenn Sie ihr das reizvollste Dekolleté anbieten. Die hat anderes gesehen. Und sie macht's garantiert viel besser als ich. Die meisten Spritzkunden lassen sich lieber von ihren zarten Händen verarzten. Übrigens –«, und er nickte durchs Fenster zum Rathaus hinüber, dessen von den Zeitläufen ramponierte, aber noch immer recht sehenswerte, im Reiseführer mit Sternchen bedachte Barockfassade sich jenseits des Marktplatzes erhebt, »– auch die Herren aus ihrem Amt.«

Angela hat ihm also weiter Spritzen verabreicht, und ob nun der Anblick seiner Kehrseite doch nicht so abkühlend wirkte, wie er meinte, jedenfalls war aus so intimer Vertrautheit ein zuvörderst noch zartes Pflänzlein gesprossen, und nach der letzten der Spritzen – er hatte zum vollen Gelingen der Kur den erstaunten Doktor um Abrundung auf ein ganzes Dutzend gebeten – war ihm von ihr gestattet worden, sie gelegentlich des Abends von der Praxis abzuholen. Zu einem kleinen Spaziergang im Park oder zu einem Kinobesuch. Aus dem »gelegentlich« war allmählich eine Dauereinrichtung geworden, Florian hatte sich redlich bemüht, sich auch vorteilhaft von anderen

Seiten zu zeigen, mit Erfolg offenbar, und so hatten sie durch Vitamin B zueinander gefunden.
Die nicht vergessene Bemerkung des Doktors, daß sich auch Herren aus seinem Amt mit Vorliebe von ihr verarzten ließen, hatte ihn allerdings vor der Hochzeit dazu veranlaßt, Angela dringend nahezulegen, ihre Tätigkeit in Klinkmüllers Praxis aufzugeben. Die peinliche Vorstellung, daß sie als achtbare Gattin eines Verwaltungsinspektors Beziehungen zur intimeren Anatomie seiner Vorgesetzten oder gar Untergebenen pflegen könne, war ihm unerträglich gewesen. Infolgedessen praktiziert Angela ihre Nächstenliebe nun ausschließlich in ihrer privaten Umgebung.
Aber auch das hat, wie Florian hat erfahren müssen, beträchtliche Schattenseiten. Notfällen ist es leider eigen, daß sie sich unvorhergesehen ereignen und in einen geordneten Haushalt nicht einplanen lassen. Wenn er etwa nach Dienstschluß hungrig nach Hause strebt und statt eines liebevollen Empfangs, appetitlicher Düfte und des gedeckten Abendbrottischs keinerlei Vorbereitungen solch erfreulicher Art und dazu noch eine leere Wohnung vorfindet, weil Angela gerade wieder mal zu einem dringlichen Hilfsfall gerufen wurde, ist er geneigt, Hilfsbereitschaft weniger als Tugend denn als Ärgernis anzusehen. Als Ärgernis, das ihn um die erhoffte, während des Heimwegs schon genüßlich vorgeschmeckte Gemütlichkeit des Feierabends bringt.

Seit zwei Jahren erst verheiratet, ist Angela immer noch neu für ihn, und er kann nicht genug von ihr kriegen. Außerdem, meint er, wer sich nicht selbst helfen könne, solle sich gefälligst an die Stellen wenden, die zum Helfen da seien: ans Sozialamt, zum Beispiel, oder an die kostenlose Gesundheitsberatung, die jede Woche einmal zwei Stunden im Rathaus stattfindet, oder von ihm aus auch an die Kirchengemeinde. Angela ist seiner Ansicht nach jedenfalls nicht dazu da, aber sie kann nun mal nicht anders, und das Dumme ist nur, daß er darunter zu leiden hat.

Es hilft auch nichts, daß sie reuig verspricht, ihre Samariterdienste während des Feierabends auf äußerste Ausnahmen zu beschränken und ihm in solchen Fällen ein Paar Würstchen oder Eier für den ersten Hunger zurechtzustellen. Denn wie oft Ausnahmen sich ereignen dürfen, um Ausnahmen zu bleiben, äußerste noch dazu, und nicht doch wieder zur Regel zu werden, ist umstritten, und auch mit den Würstchen und Eiern ist es so eine Sache.

Die Annalen der höheren Kochkunst sind voll von männlichen Namen. Köche haben Königen und Kaisern gedient und ihr Wohlgefallen gefunden; der eine oder andere soll seiner pikanten Saucen wegen sogar geadelt worden sein. Die Feinschmeckerei ist somit fast ausschließlich ein Betätigungsfeld für schöpferische Künstler in weißen Kitteln und hohen Kochmützen geworden. Weiblichen Wesen bleibt schlichte Hausmannskost vorbehalten. Alles spricht also dafür, daß auch Florian wahre Küchenwunder aus Würstchen und Eiern zurechtzaubern müßte, doch das Gegenteil ist der Fall. Es fehlt ihm am nötigen Ingenium. Tüchtig im Büro, hat er in der Küche zwei linke Hände. Er weiß nicht, wie es kommt, daß ihm die Würstchen meist zu aufgeplatzten Unansehnlichkeiten geraten und die Eier samt Schinken unappetitlich in der Pfanne verbruzzeln. Statt seinen knurrenden Magen zu stillen, hat er alle Hände voll zu tun, die Spuren seines fruchtlosen Mühens zu beseitigen und die Fenster aufzureißen, um den brenzligen Qualm aus der Wohnung zu treiben. Anwohner haben schon einmal fast die Feuerwehr alarmiert . . .

Florian seufzt, während er, nun frisch rasiert für den Tag gerüstet und bequem mit seiner Hausjoppe angetan, Angelas Wiederauftritt mit dem Frühstückstablett erwartet. Daß er sie liebt, unterliegt keinem Zweifel, daß dies mit Mühsal verknüpft ist, desgleichen. Und nicht nur mit Mühsal, auch mit Seelenpein, zum Beispiel, wenn sie die Ordnung, die ordentlichen Beamten im dienstlichen wie im privaten Bereich höchste Tugend ist, wie so oft unbedacht durcheinanderbringt. Darüber wird er noch ernstlich mit ihr zu reden haben. Jetzt nicht, gelegentlich. Denn jetzt ist die Frühstückszeit angebrochen.

Von würzigem Kaffeeduft umschwebt, ist Angela

mit dem Tablett erschienen, auf dem die Tassen, Teller, Kannen und Schälchen einladend gegeneinander klirren. Florian erhebt sich geschäftig vom Kanapee, um ihr beim Decken zu helfen, und wird dafür mit einem flinken Küßchen und einem lächelnd-lockenden Blick belohnt, die bei ihm ein gewisses Prickeln und die Lust zu Tollheiten wekken. Aber erstens ist das Tablett im Wege, und die eben beschworene Ordnung ist auch dagegen. Sie besagt, daß Tollheiten vor dem Frühstück nicht statthaft sind, und nach dem Frühstück ist Frau Zwirnhubers Ischias an der Reihe. Verzicht ist das Gebot der Stunde!
Dafür schmeckt's ihm dann um so besser, und nach dem zweiten Honigbrötchen und der ersten Tasse Kaffee erzählt er ihr endlich von seiner Morgenvision.
»Stell dir vor«, sagt er, »ich hab' dich am Himmel fliegen sehen, so genau, als wär's Wirklichkeit gewesen!«
Vollauf damit beschäftigt, sich elegant den Honig von den klebrigen Fingern zu lecken, entgeht ihm, daß das Brötchen, das Angela eben zum Munde führt, für einen Moment davor in der Schwebe bleibt, bis er mit einem Jungenslächeln, das ihm gut zu Gesicht steht, seinen Satz beendet:
». . . aber Engel mit richtigen Flügeln gibt's ja bekanntlich nur im Traum.«
Ihre dichtbewimperten Lider, die sich wachsam

gehoben haben, senken sich wieder, und sie beißt genußvoll ins knusprige Brötchen.

»Kann man's wissen?« sagt sie nur.

Fast scheint es so, als schwebe noch immer ein fröhlicher Engel, die beiden vereinend, unsichtbar über dem Frühstückstisch, und auf alle Fälle sieht es so aus, als ob nichts, aber auch rein gar nichts dieses Eheglück ernstlich zu stören vermöchte. Und doch bahnen sich bereits im Verborgenen Ereignisse an, die den Boden, auf dem es gedeiht – und nicht nur den – gefährlich ins Wanken bringen könnten.

Zweites Kapitel

Kein Mensch verfiele zum Beispiel auf die absurde Idee, daß ein Kümmelblättchen-Spiel in einer der Kneipen im Gassengewirr hinter dem Altmarkt, bei dem zwei Gauner einem netten italienischen Gastarbeiter den größten Teil seiner Ersparnisse abluchsen, etwas anderes als ein zwar bedauerliches, für den Betroffenen schmerzliches, aber ansonsten keineswegs welt- oder auch nur fremde Ehen erschütterndes Ereignis sein könnte. Nichts läßt sich einstweilen voraussehen, das etwas so Absonderliches vermuten ließe.

Einstweilen sitzt der Gastarbeiter Antonio Guzzi nur allein in der verräucherten Kneipe an seinem von einer trüben Funzel erhellten Tisch und trauert seinem verspielten Geld nach. Er hat es seiner Familie in der Heimat schicken wollen, Carmela, seine Frau, könnte es gut gebrauchen, nun ist es weg. Zur Polizei gehen mag er nicht, mit der hat er's nicht gern zu tun, schon weil es mit der Verlängerung seiner Aufenthalts- und Arbeitserlaubnis wieder mal wacklig steht, und außerdem weiß er nicht, daß er von den Gaunern mit ihren geschickt manipulierten drei Karten, zwei schwarzen und der einen roten, die er hätte raten müssen, betrogen worden ist. Er hält es schlicht für Pech im Spiel, und da ihm nicht nach der sprichwörtlichen Liebe zumute ist, die dem Pechvogel als Ausgleich angeblich winkt, ertränkt er seinen Kummer für den letzten ihm verbliebenen Schein im Suff.

Das heißt, so schlimm ist es auch wieder nicht. Er ist nur eben nichts gewöhnt. Um seine Groschen zusammenzuhalten, genehmigt er sich nur an den Wochenenden ein oder auch mal zwei Gläschen Wein, italienischen, wenn möglich, »ssu vergessen große Heimweh nach Italia«, wie er gutmütig grienend sagt. Und wenn's dann wie diesmal ein bißchen mehr wird, sind böse Folgen nicht zu vermeiden.

Als er die Kneipe verläßt, ist es längst dunkle Nacht, und regnen tut's auch. Er zieht sich den Mützenschirm tief in die Stirn, senkt das stopplige Kinn auf die Brust, zieht sich die schäbige Jacke vorn gegen die nieselnde Nässe zusammen und begibt sich auf den Heimweg, so gut es geht. Es geht nicht gut. An der nächsten Ecke schon hat er die Orientierung verloren, die spärlichen Gaslaternen über ihm tanzen mit ihren regentropfenglitzernden Heiligenscheinen einen schwindelnden Reigen, und das Pflaster unter ihm scheint wie das Deck eines vom Sturm gebeutelten Ozeandampfers zu schwanken.

Torkelnd tastet er sich voran, aber das Ziel ist ihm aus den Augen geraten, kein Mensch zu sehen, ihm die Richtung zu weisen, nur Dunkel, in Abständen hüpfende Lichter und dazu die immer lähmendere Müdigkeit, die sich ihm bleischwer auf die Lider senkt. Und als seine tastende Hand einmal den einzigen festen Halt, die Hauswand, verfehlt, weil da ein dunkler Torweg sich auftut, verliert er den letzten Rest mühsam bewahrten Gleichgewichts und fällt hinein. Der unerwartete Sturz tut ein bißchen weh, und der Boden ist hart, aber er liegt wenigstens, liegt im Trockenen, ihm kann nichts mehr passieren. Und den Namen der Madonna murmelnd, schläft er prompt und friedlich ein.

Statt der angerufenen Madonna naht sich, wie's nicht nur der Zufall will, Angela. Sie hat den Abend bei einer alleinstehenden alten Frau verbracht, einer fast Hundertjährigen, die eigentlich ins Altersheim gehört, sich jedoch noch zu jung dafür fühlt.

»Bloß nicht, alle die alten Leute da und kein bißchen Lustigkeit, das ist doch zu traurig«, pflegt sie zu sagen, wenn man sie wieder mal drängt. »Außerdem hab' ich ja Sie. Nein, da rein geh' ich erst, wenn ich alt bin!«

Zweimal in der Woche räumt Angela ihre kleine Wohnung auf, wäscht ab, wischt Staub und liest ihr aus der Zeitung vor, weil es die Augen nicht mehr so recht schaffen. Diesmal ist sie länger geblieben als sonst, weil sie zu Hause ausnahmsweise nicht erwartet wird, denn Florian ist nach Dienstschluß mit seinem alten VW nach Herboldsheim gefahren, wo sich an diesem Abend die Kleinhandels-Kaufleute der ganzen Gegend versammeln, um gegen das zunehmende Unwesen der Supermärkte zu protestieren. Der Kleinhandel gehört zu Florians Referat im Amt, er will wissen, was sie da reden, und überdies hat ein hoher Herr aus dem Ministerium sein Erscheinen zugesagt, um sich wenigstens die Klagen der Leute anzuhören.
Herboldsheim liegt etwa fünfzig Kilometer entfernt, der Klagen sind viele, die Versammlung kann also lange dauern, und da Florian ohnehin nachts nicht gern fährt und vieles Reden und Reden anhören durstig macht, ganz abgesehen davon, daß man vermutlich freudiges Wiedersehen mit dem einen oder anderen alten Bekannten zu feiern hat, das gleichfalls, wenn auch in Maßen, begossen zu werden verlangt, alles Umstände, die nicht unbedingt zur Erhöhung der Fahrtüchtigkeit beitragen – kurz und gut, deshalb hat Florian in weiser Voraussicht Angela vor der Abfahrt gesagt, daß er die Nacht bei einem dortigen Kollegen oder notfalls im Gasthof verbringen und erst am

frühen Morgen heimfahren würde. Zum Frühstück werde er pünktlich zurück sein.

Angela hat also guten Gewissens noch ein Weilchen mit der lebenslustigen alten Dame geplauscht und sich dann nach Hause begeben. Das heißt, nicht gleich ganz. Als sie den Torweg zum Hof durchqueren will, stolpert sie nämlich über etwas Dunkles, das da liegt und sich bei näherem Zusehen als ein Mann entpuppt. Bei noch näherem als ein Mann in den besten Jahren mit schwarzem Haar, kräftig vorspringender Nase, Schnurrbart und Stoppelkinn, dem ganzen Typ nach offenbar ein Südländer, Spanier oder Italiener, der den Torweg offenbar mit seiner Schlafkammer verwechselt hat. Der ihn umschwebende Duft läßt unschwer den Grund seines jähen Verlangens nach Ruhe vermuten.

Im übrigen ist es kein Vagabund, wie Angela zuerst anzunehmen geneigt ist. Die Sorte kennt sie zur Genüge. Diesen Mann hier umgibt trotz seiner Lage ein Hauch von Ordentlichkeit. Die Kleidung mag schäbig sein, aber soweit sie es im kümmerlichen Lichtschein aus dem Nebenhaus abschätzen kann, ist da kein Anzeichen von regelmäßigem Übernachten in Strohschobern und Kellerwinkeln. Wahrscheinlich ist es ein Gastarbeiter. Daß er hier betrunken liegt, muß seine besondere, vielleicht gar tragische Bewandtnis haben, und Angela fühlt sich zum Helfen aufgerufen.

Als erstes stellt sie ihn mit einiger Mühe auf die Füße und stülpt ihm die beim Sturz verlorene Mütze wieder auf. Hier liegenbleiben kann er ja nicht. Bei diesem Wetter könnte er sich den Tod holen, außerdem besteht die Möglichkeit, daß ihn ein Polizist aufliest, was unerfreuliche Folgen für ihn hätte. In Zumpelshausen ist man auf Gastarbeiter schlecht zu sprechen, noch dazu wenn sie sich wie Vagabunden aufführen und in Torwegen nächtigen. Behördlicher Verdruß ist ihnen totsicher. Andererseits einen längeren Weg zurückzulegen, zu seiner Schlafstelle etwa, ist er in seiner schwankenden Verfassung auch nicht imstande, und wo er wohnt, ist aus seinem trunkenen Gebrabbel ohnehin nicht herauszuhören. Nur daß es Italienisch ist, das hört sie.
Einen Moment denkt Angela daran, ihn im nur wenige Schritte über den Hof entfernten Holzstall unterzubringen, doch dann fällt ihr ein, daß Florian ja nicht zu Hause ist, und daß sie deshalb den Mann in der kleinen Kammer neben ihrer Diele schlafen lassen kann. Auf jeden Fall ist es dort weder feucht noch zugig, und das eingesessene alte Kanapee, das neben anderem Krimskrams dort abgestellt ist, bietet eine angenehmere Unterlage als das bißchen Sägemehl auf dem Schuppenboden. Und morgen früh muß der Mann sicher früher zur Arbeit, als Florian zurückkehrt. Er braucht gar nichts davon zu erfahren. Also legt sie sich einen Arm des Italieners um die Schultern,

packt ihn kräftig um die Mitte und steuert ihn Schritt für Schritt zur Treppe.

Um die gleiche Stunde etwa hat sich Florian in Herboldsheim eines anderen besonnen. Der hohe Herr aus dem Ministerium ist nicht erschienen. Ihres eigentlichen Zweckes beraubt, artet die Versammlung zu lautstarkem, von den Faustschlägen der auf Tische niederdonnernden Fäuste untermaltem Wiederkäuen immer derselben Anklagen und Beschwerden aus, die sowieso jedem vertraut sind, befriedigende Vorschläge oder gar Lösungen sind nicht zu erwarten. Befriedigt ist nur der Wirt über den Bierkonsum.

Florian hat ein paar alte Bekannte getroffen, aber die rechte Wiedersehensfreude ist ausgeblieben, man hat sich auseinandergelebt, die Erinnerungen, die sie wecken, sind nicht immer die besten, und als er zum zehntenmal die gleichen markigen Sprüche über die Notwendigkeit, den Kleinhandel als wichtigsten Baustein der Nation zu erhalten, über sich hinwegdröhnen hört, fängt er an, sich heftig nach seinem Kopfkissen zu sehnen. Nicht nach dem auf der Wohnzimmercouch des gastfreundlichen Kollegen, nicht nach dem einsamen im gleichen Gasthof oben, das er dazu noch bezahlen muß, sondern nach dem neben Angelas.

Und die verlockende Vorstellung, bei ihr im Ehebett zu liegen, vor dem Einschlafen noch einen kleinen Schwatz mit ihr halten zu können, in dem

Bausteine der Nation bestimmt nicht vorkommen, oder sie womöglich gar zu zärtlicheren Regungen geneigt zu finden, wird unversehens so übermächtig in ihm, daß er sich unter dem Vorwand, »für Knaben« zu müssen, aus der bierfeuchten Runde und dem Saal verdrückt und draußen in seinen Wagen klettert. Was haben die Fährnisse einer Nachtfahrt schon gegen die Aussicht auf herzerfrischende Zweisamkeit mit Angela zu bedeuten?

Doch wie so oft laufen die Dinge anders, ganz anders, als man denkt. Zwar gedeiht seine unvorhergesehene Heimkunft nach Wunsch zur Überraschung, aber nicht nur für Angela, auch für ihn. Und freudig ist sie freilich auch nicht. Denn als er leise die Tür seiner Wohnung aufschließt und die Diele betritt, begrüßt ihn als erstes ein gedämpft aus der Kammer dringendes, zweifellos aus einer männlichen Kehle rührendes röchelndes Schnarchen und erst als zweites Angela. Sie hat ihn kommen hören, weil ihm vor Schreck die Tür entglitten und ins Schloß gefallen ist.

»Mach kein so entsetztes Gesicht«, sagt sie, schnell gefaßt, und sucht die Peinlichkeit des Empfangs fortzulächeln. »Es ist nur ein Betrunkener, den ich im Torweg gefunden habe. Ich konnte ihn bei dem Wetter unmöglich draußen liegenlassen, das mußt du doch einsehen, und da hab' ich ihn eben raufgebracht.«

Außer einem dürren »So?« bringt Florian vorläu-

fig nichts Passendes zuwege. Es fällt ihm schwer, sich der unerwarteten Lage anzupassen. Die Vorstellung, derentwegen er heimlich die Versammlung verließ, hat ihn, zu allerlei verführerischen Bildern verdichtet, in immer glühenderen Farben während der einsamen Fahrt durch die Nacht begleitet und mit süßen Erwartungen erfüllt, in denen schnarchende fremde Männer nichts zu suchen haben.
Richtig, nichts zu suchen! Das ist es! Er sieht wieder klar.
»Der Mann muß weg!« sagt er bestimmt. »Du hättest gleich die Polizei rufen sollen. Die ist zuständig dafür. Aber das läßt sich nachholen.«
Er will an ihr vorbei zum Telefon, aber sie hält ihn auf.
»Bitte, nicht«, schmeichelt sie. »Da sperren sie ihn zum Ausnüchtern bloß in eine Zelle und behandeln ihn, als ob er silberne Löffel gestohlen hätte. Außerdem ist er Italiener, wahrscheinlich ein Gastarbeiter, und sie machen ihm vielleicht Schwierigkeiten seiner Aufenthaltsbewilligung wegen.«
Sie bittet so reizend, ihre frischen, rosigen Lippen sind ihm so nah, daß er, fürs erste wenigstens, nur nachgeben kann.
»Und was soll mit ihm werden?« fragt er unschlüssig.
»Bis morgen früh hat er ausgeschlafen, und bis dahin stört er nicht. Und jetzt mach' ich dir schnell

was Hübsches zu essen, und dann erzählst du mir, warum du früher gekommen bist.«
Bevor er noch etwas einwenden kann, ist sie schon in der Küche verschwunden. Er hängt seine Joppe am Garderobenhaken auf, bleibt, seiner Enttäuschung nachgrübelnd, einen Moment zwischen dem Schnarchgeröchel auf der einen Seite und dem Geklapper aus der Küche auf der anderen stehen und tritt dann ins Wohnzimmer, wo ihn die gewohnte Ordnung und Behaglichkeit empfängt: das gemütliche Sofa, das solide Buffet mit den Säulen und der Kristallschale fürs Obst auf dem ovalen Spitzendeckchen, der runde Eßtisch unter der Hängelampe, der bequeme Sessel am Fenster, in dem er nach Feierabend die Zeitung zu lesen pflegt ... Na, schön, denkt er, durch die vertraute Atmosphäre besänftigt, wenn Angela es so will, soll er von ihm aus bleiben. Aber ganz wohl ist ihm dabei nicht, und um auch das letzte Unbehagen zu vertreiben, setzt er den Fernseher in Betrieb.
Es ist leider nicht ganz das Rechte. In der Regionalsendung »Die Polizei bittet um Ihre Mitarbeit«, in die er gerät, wird eben von einer in der Umgebung mehrfach bemerklich gewordenen Einbrecherbande berichtet, deren Mitglieder sich unter Vorspiegelung falscher Tatsachen in Häuser und Wohnungen einschleichen und mit Geld und Wertsachen wieder verschwinden. Auch Ausländer sollen dabei sein.

Florian schaltet schleunigst ab. Das hat ihm gerade noch gefehlt! Bisher hat der Schnarcher in der Kammer nur seinen Ordnungssinn gestört, jetzt keimt Argwohn in ihm auf. Italiener sei er, hat Angela gesagt, und Ausländer sollen ebenfalls zu der Bande gehören, hat es geheißen. Und um Mitarbeit wird gebeten! Eine sozusagen behördliche Aufforderung!

Wenn der Mann, den Angela in ihrer gewiß zu lobenden, in diesem Fall aber bodenlos leichtfertigen Hilfsbereitschaft in die Wohnung geschleppt hat, nun zu der Bande gehört? Wenn sein Geschnarche nur vorgespiegelt wäre, während er in Wirklichkeit hellwach auf den günstigsten Augenblick lauerte, um die Wohnung auszuräubern? Hatte er vielleicht gar gewußt, daß er, Florian, eigentlich über Nacht hatte fortbleiben wollen?

Es hält ihn nicht auf dem Sofa, er muß den Mann sehen, muß sich selbst überzeugen. Auf Zehenspitzen schleicht er an der Küchentür vorbei, hinter der Angela noch im Gange ist, öffnet leise die Tür der Kammer und späht hinein. Da liegt der Mann. Ein Rest des Dielenlichts erhellt gerade noch notdürftig sein Gesicht.

Die Frage erhebt sich, wie ein Mensch physiognomisch beschaffen ist, der Böses im Schilde führt. Steht es ihm auf der Stirn geschrieben, oder ist es gerade die trügerisch-biedere Harmlosigkeit, hinter der sich üble Absicht verbirgt? Selbst Fachleute geraten sich darüber in die Haare. Mal

so, mal so, feste Regeln gibt's da nicht, man ist auf seinen Riecher angewiesen.
Was das anbelangt, registriert Florians Riecher lediglich kräftigen Wein- oder Schnapsgeruch – genauer kann er das nicht auseinander halten –, was in diesem Fall zugunsten des Mannes spricht: Wer so offenkundig einen in der Krone hat, ist zur Ausführung schlimmer Absichten, selbst wenn er sie gehabt haben sollte, kaum befähigt. Überdies sieht er mit der in die Stirn fallenden Locke, den dunklen Wimpern über den leicht schwärzlich bestoppelten Wangen und dem Schnurrbart, unter dem sich die Lippen jedesmal pustend vorstülpen, wenn er röchelnd den Atem ausstößt, wirklich so aus, als ob er kein Wässerchen trüben könnte.
Trotzdem wird Florian sich unumstößlich darüber klar, daß er ihn keinesfalls nachts in der Wohnung haben will. Kein Auge würde er zutun können! Wer kann wissen, was der Mann, selbst wenn er völlig harmlos sein sollte, in seinem Suff noch anstellen wird? Vielleicht mußte er nachts mal raus, fand den Schalter nicht und setzte mit seinem Feuerzeug das Haus in Brand. In der Kammer ist allerlei alter Krempel abgestellt, der leicht Feuer fängt. Und morgen müssen Angela und er zeitig raus, und es ist sehr die Frage, wie und ob sie überhaupt den Kerl so früh an die Luft setzen können. Ganz bestimmt aber würde es aufregend werden, und Aufregungen zum Frühstück schla-

gen ihm auf den Magen. Nein, der Kerl mußte raus, was Angela auch dagegen einzuwenden hatte!

Eilig schleicht er ins Wohnzimmer zurück, um seine Absicht schnellstens in die Tat umzusetzen. Am besten, bevor Angela erscheint und ihn in eine hitzige Diskussion über Für und Wider verstrickt, über deren Ausgang er sich nicht sicher ist. Wenn ihr gutes Herz im Spiel ist, hat er noch immer den Kürzeren gezogen. Hat er aber einmal Tatsachen geschaffen, ist nichts mehr zu ändern.

Entschlossen wählt er am Telefon die Nummer des Polizeireviers und teilt der sich meldenden schläfrigen Stimme mit, sie hätten einen volltrunkenen Mann auf der Straße aufgelesen und ersuchten darum, ihn zum Ausnüchtern abzuholen. Als hilflose Person falle er in die Kompetenz der Polizei. Und da die schläfrige Stimme noch immer nicht wacher klingt, hilft er mit der Vermutung nach, es könne sich bei dem Mann, einem Ausländer übrigens, um das Mitglied einer gewissen Einbrecherbande handeln, von der schon im Fernsehen die Rede gewesen sei.

Darauf wird es am anderen Ende lebendig, und die Stimme verspricht, schnellstens einen Beamten zu schicken.

Das wäre erledigt!

Doch er kommt nicht dazu, sich befriedigt die Hände zu reiben, denn als er sich umdreht, entdeckt er Angela mit einem Tablett in der Tür. Eine ihm ganz und gar fremde, zornige Angela.

»Das war gemein!« sagt sie. Und bevor er noch entrüstet aufbrausen und sich in hastig zusammengekratzte Rechtfertigungen stürzen kann, fährt sie kühl fort:

»Daß du ihn von der Polizei abholen läßt, ist schlimm genug, aber daß du ihn außerdem auch noch verdächtigt hast, ist wirklich eine Gemeinheit, die ich von dir nicht erwartet hätte! Wer weiß, wie sich der arme Kerl da herauswinden wird. Das mindeste, was du zu tun hast, ist, den Verdacht zurückzunehmen, wenn du schon nicht rückgängig machen kannst, daß sie ihn holen. Im übrigen . . . iß allein!«

Klirrend stellt sie das Tablett auf den Tisch, verschwindet im Schlafzimmer und schließt energisch die Tür hinter sich. Die Bedeutung ist klar: Sie sind einstweilen geschiedene Leute. Aber sie schließt sie nur, verriegelt sie nicht. Ein tröstlicher Hinweis immerhin, daß die diplomatischen Beziehungen noch nicht ganz abgebrochen sind.

Seelisch zerknittert bleibt Florian zurück. Er hat das Richtige zu tun geglaubt, hat nur dabei des Guten ein wenig zuviel getan, und eben damit ist er ins Fettnäpfchen getreten.

Eigentlich will er ihr gleich nach, um die Sache aus der Welt zu schaffen, doch ein Duft nach Spiegeleiern auf Schinken, den er in seiner Bekümmernis bisher nur nicht wahrgenommen hat, steigt ihm unversehens vom Tablett verlockend in die Nase und bringt seinen Entschluß ins Wanken. Es wäre schade, die appetitlichen schneeweißen Kringel rund um die gelben Dotteraugen kalt und unansehnlich werden zu lassen. In Herboldsheim ist er nicht zum Essen gekommen, er verspürt schlicht Hunger, und Seelenkummer ist durch einen gefüllten Magen zwar nicht zu beheben, aber immerhin zu mildern. Und auf jeden Fall ist hinterher immer noch Zeit, ihren Streitfall zu schlichten.

Doch vorher – er putzt eben den letzten Rest köstlich krustig gebratenen Schinkens vom Teller – erscheint der angekündigte Polizist, hat seine liebe Mühe und Not, den Schnarcher in der Kammer wachzurütteln und seinem zeitweiligen Obdach zu entreißen, und hört bei all der muskelstrapazierenden Beanspruchung gar nicht auf das, was der Herr ihm da zur Entlastung des Mannes mitteilen will.

»Da sind Sie bei mir sowieso nicht an der richtigen Stelle«, keucht er, während er seinen schwankenden Häftling zur Treppe expediert. »Ich bin bloß Vollzugsorgan. Wenn Sie zu dem Fall noch was vorzubringen haben, tun sie's am besten morgen früh im Revier.«

Die Haustür fällt zu, der Anlaß des Unfriedens ist aus dem Haus, nun gilt es nur noch, den Frieden zu kitten.

Was tut man, falls man nicht, obwohl ehelich verbunden, getrennt schläft, wodurch sich das Problem erst gar nicht ergäbe, wenn einem die Tür des gemeinsamen Schlafgemachs nach einem Streit nachdrücklich vor der Nase zugemacht wird, noch dazu zur Schlafenszeit? Man kann, wenn man sich im Besitz eines reinen Gewissens weiß, draußen bleiben, sich auf dem Sofa zur Ruhe betten und darauf vertrauen, daß die ungewohnte Einsamkeit hinter der Tür die Schmollende mit der Zeit schon zur Räson bringen wird. Man kann auch, falls die Tür wie hier nicht zudem noch verriegelt, der Ausschluß also nicht ganz ernst gemeint ist, das Schlafzimmer betreten, als sei nichts geschehen, und seinen gewohnten Platz einnehmen.
Beides hat seine Vor- und Nachteile. Im ersteren Fall hat man seine Ruhe und muß dafür ein unbequemes Lager in Kauf nehmen, im letzteren hat man's bequem, nur ist zu erwarten, daß der Streit unter der gemeinsamen Bettdecke erst richtig losgeht.
Aber an Ruhe ist Florian zur Zeit wenig gelegen, deshalb neigt er mehr zur zweiten Lösung. Die Bilder der Nachtfahrt sind noch nicht völlig verblaßt, und da er, wenn auch vorerst erfolglos, redlich versucht hat, Angelas Schützling von dem leichtsinnig geäußerten Verdacht zu befreien, darf er auf Versöhnung hoffen. Vor allem, wenn er ihr auch noch erklärt, daß er gleich morgen früh zum

Revier gehen wird, um seine Aussage an der richtigen Stelle zu wiederholen.
Nur müßte er dazu Gelegenheit haben, und die hat er nicht. Angela schläft schon, als er ins Schlafzimmer tritt, oder tut wenigstens so. Sie hat sich absichtsvoll ganz an die jenseitige Kante des zweischläfrigen Ehebetts zurückgezogen und kehrt ihm auch noch den Rücken zu. Mehr als ein bißchen blondes Haargewuschel ist von ihr nicht zu sehen.
Einem gewieften Strategen der Liebe fiele es sicherlich nicht schwer, den trennenden Raum zwischen ihrer und seiner Kante zu überwinden, aber Florian ist in puncto Strategie unerfahren. Er hat derlei Finessen bisher nicht nötig gehabt. Seine rudimentären Kenntnisse auf diesem Gebiet raten ihm nur, nicht im Eilmarsch vorzugehen; das würde nach versuchter Überrumpelung aussehen und unnötig ihren Widerstand wecken. Also schiebt er sich Stückchen für Stückchen über die weiße Walstatt vor, bis er ganz zart ihre Schulter berühren kann. Falls sie wirklich schläft, kann er sich's immer noch überlegen, ob er sich rücksichtsvoll zurückziehen oder ein bißchen fester zufassen soll.
Sie ist wach, zuckt heftig die Schulter, wie um etwas Lästiges abzuschütteln, und faucht durchaus nicht nachgiebig:
»Laß mich in Ruhe! Ich will schlafen!«
Die Sache läßt sich schlecht an, es klingt endgül-

tig. Parlamentieren scheint unter solchen Umständen ausgeschlossen. Schließlich hat man auch seine Würde.

Betreten zieht er sich zurück und knipst auch seine Nachttischlampe aus. Im Dunkeln liegt er auf dem Rücken und starrt bekümmert zur Decke hinauf, auf die der schwache Lichtschein aus einem der Parterrefenster im Nebenhaus jenseits des Hofs das Schattengerank der Winden auf dem kleinen Balkon vor ihrem Schlafzimmer wirft. So hat er sich die ersehnte Kopfkissen-Nachbarschaft wahrlich nicht vorgestellt. Die Nachtfahrt ist überflüssig gewesen. Er hätte ebensogut, nein, besser noch, auf der Wohnzimmercouch des Kollegen geschlafen. Der Streit wegen des Schnarchers wäre erst gar nicht entstanden, er hätte ja nichts von ihm gewußt, und statt dieses stummfeindseligen Nebeneinanders hätte er Angela wenigstens träumend umarmen können. Hier ist ihm selbst dieser Ersatztrost versagt; wie könnte er unter so trüben Umständen an Schlafen geschweige denn Träumen denken? Nur die tröstliche Zuversicht bleibt, daß sie morgen ihr Unrecht einsehen und alles in Ordnung kommen wird.

Und dann erweist sich einmal mehr, wie wenig Verlaß auf menschliche Voraussicht ist, denn erstens schläft er trotz allem ein – die Natur verlangt nach der Mühsal des langen Tages ihr Recht –, und als er früher als sonst im ersten Morgengrauen erwacht, gerät zweitens die Ordnung so total aus den Fugen, daß er nun doch noch zu träumen meint. Keine reuige Angela erwartet ihn, wie schon einmal ist ihr Platz im Bett neben ihm leer, die Vorhänge sind zurückgezogen, die Balkontür steht offen, und von einem merkwürdigen Leuchten umstrahlt schwebt dort draußen wieder ein Engel vom Himmel hernieder, ein leibhaftiger Engel in lichtem Engelsgewand mit ausgebreiteten weißen Flügeln ...

Nur in Träumen kommt so etwas vor, und ein Traum muß es sein! Florian reißt den Blick von der himmlischen Erscheinung los, sucht rings um sich Beweis für den Traum, aber da ist alles wohlbekannte, vertraute Wirklichkeit: die Blümchentapete, der altmodisch-solide Kleiderschrank, die goldgerahmte Obstansammlung in Öl, Angelas Toilettentisch, der kleine Sessel davor. Und doch senkt sich draußen der Engel herab, schwebt schon über dem Balkon ...

Florian richtet sich verwirrt halb auf, kneift fest, ganz fest die Augen zu, zählt bis zehn und vorsichtshalber noch fünf dazu, man kann nicht gründlich genug sein in solchem Fall, reißt sie wieder auf. Jetzt ... jetzt wird die Fatamorgana verschwunden sein, eine verspätete Nachwirkung des mäßigen, aber für ihn ungewohnten Bierkonsums von gestern abend vielleicht ... aber der Engel ist noch da, nun ganz nah, auf dem Balkon gelandet, nur die Flügel sind ihm inzwischen abhanden gekommen, und das merkwürdige Leuchten hat nachgelassen, ist kaum mehr zu sehen.

Der morgenkühle Luftzug durch die offene Balkontür kitzelt Florians empfindliche Nasenschleimhäute, und wie zur letzten Bestätigung, daß er wirklich nicht schläft, nicht träumt, muß er niesen.

»Prost!« sagt der Engel. Und dann: »Deck dich lieber wieder zu. Du wirst dich erkälten.«

Der Engel ist zweifellos Angela!

Es gibt Momente, in denen der Mensch an sich selbst irre wird, seinen Wahrnehmungen nicht mehr traut, die Fundamente seines Daseins wanken fühlt. Dies ist so einer. Man übersteht sie am besten, indem man sich ihnen entzieht, Augen und Ohren verschließt, so tut, als ob man gar nicht vorhanden sei, und wartet, bis der Spuk vorüber und die Normalität wiederhergestellt ist.

Die Wandlung ist bereits im Gange. Florian merkt es untrüglich daran, daß sich die Matratze auf der anderen Seite unter dem Gewicht eines Körpers ein wenig senkt, die Federn quietschen leicht, jemand hat sich ins Bett gelegt. Ein richtiger Engel kann es demnach nicht sein. Engel wiegen bekanntlich nichts, wie könnten sie sonst fliegen oder auf Wolken lustwandeln? Außerdem, was suchte ein Engel in seinem Bett? Es kann nur Angela, die leibhaftige Angela sein.

Vorsichtig öffnet er wieder die Augen – wahrhaftig, da ist sie: das Antlitz auf dem Kissen ihm zugewandt, wuschlig das Haar, die Wangen vom Flugwind noch ein bißchen gerötet, ein winziges Fünkchen Lächeln im Blick.

»Angela?« flüstert er rauh, um sich endgültig zu vergewissern. Vor Aufregung kommt's ihm kaum über die Lippen.

Sie nickt bestätigend mit den Lidern. Dann:

»Schade, daß du schon wach warst. Du solltest von meinem kleinen Ausflug nichts merken.«

Er starrt sie an.

»Dann . . . dann bist du also wirklich da draußen geflogen?«

»Natürlich«, sagt sie, und es klingt so natürlich, als sei es das Natürlichste von der Welt. »Und nicht erst zum erstenmal. Diesmal mußte ich den armen Kerl aus der Zelle holen, bevor sie ihm Ärger machen konnten, da du ihm nicht geholfen hast. Aber jetzt laß mich in Ruhe. Ich bin müde, und bis zum Aufstehen ist noch eine Stunde Zeit.«

Sie gähnt herzhaft, dreht sich auf die andere Seite, die Bettfedern quietschen durchaus irdisch, und gleich darauf hört er sie friedlich atmen.

Da liegt er nun und muß fertig werden mit dem, was ihm widerfahren ist. Hat er es mit einem Wunder zu tun? Die Frage beunruhigt ihn zutiefst. Wunder kommen in einem städtischen Verwaltungsbüro nicht vor, er ist auf sie nicht vorbereitet. Hätte ihm noch gestern abend jemand gesagt, daß es so etwas gibt, hätte er ihn glatt ausgelacht. Aber nun hat er Angela fliegen sehen, fliegen wie einen richtigen Engel!

Es überläuft ihn eiskalt und gleich hinterher glühendheiß. Wer oder was ist Angela? Bisher glaubt er es genau gewußt zu haben, jetzt weiß er's nicht mehr. Ihm ist zumute wie einem Seiltänzer, der über unbekannten Abgründen schwebt. Wenn er wieder auf verläßlichem Boden stehen will, gibt es für ihn nur einen einzigen Weg: wie vorhin fest Augen und Ohren zu schließen und das Wunder oder was immer es ist nicht zur Kenntnis zu nehmen.

Er seufzt halbwegs befriedigt. Er ist einigermaßen mit sich ins Reine gekommen, könnte, wenn die Stunde nicht fast schon um wäre, noch einen kleinen Nachschlag schlafen, denn sicher ist: Was nicht zur Kenntnis genommen wird, ist nicht geschehen. Die Hauptsache ist, daß es nicht andere zur Kenntnis nehmen ...

Drittes Kapitel

Zumindest ein anderer hat es zur Kenntnis genommen: der Polizeiwachtmeister Aloys Sedlmeier. Bei seinem letzten Streifengang im Morgengrauen hat er auf dem Katzenkopfpflaster der Marktgasse kurz vor dem Altmarkt einen halb zersplitterten Dachziegel bemerkt. Sonst sieht er in diesem Stadium nur noch geradeaus, der Ablösung entgegen, aber nun hebt er pflichtgemäß den Blick, um festzustellen, von welchem Dach ihn Regen und Wind der vergangenen Nacht herunterbefördert haben könnten. Der Hauseigentümer wäre auf seine Pflicht zu verweisen, für ordnungsgemäßen Zustand des Dachs zu sorgen, um eine mögliche Gefährdung menschlichen Lebens zu vermeiden. Nicht gleich zu verweisen, natürlich, dazu wäre es noch zu früh, aber im Laufe des Vormittags durch den dann diensthabenden Streifenkollegen.

Er hebt also den Blick, stellt fest, daß an den Dachkanten nichts weiterer Erkenntnis Dienliches zu sehen ist, und entdeckt dabei etwas Fliegendes am grauen Himmel. Ein Drachen, denkt er, aber das ist auszuschließen. Wer wird schon um diese frühe Stunde einen Drachen steigen lassen? Ohnehin läßt man Drachen im Herbst, in der windigen Jahreszeit, nicht im Frühsommer steigen, und das Ding fliegt viel zu hoch. Außerdem ist es von einem eigentümlichen Lichtschein umflossen.

Sedlmeier ist nicht so leicht aus der Ruhe zu bringen, aber nun muß er doch vor Aufregung schlukken. Irgendwann einmal hat er etwas von fliegenden Untertassen und kleinen grünen Männern vom Mars gelesen, die als Kundschafter aus dem Weltall den Globus umkreisen und zuweilen sogar landen. Nur hat sie bisher niemand in flagranti erwischt. Sollten sie es zur Abwechslung in Zumpelshausen versuchen, und fiele ihm dann etwa die historische Aufgabe zu, sie mangels anderer Amtsperson auf irdischem Boden willkommen zu heißen? Oder hatte er sie als unerwünschte Ausländer ohne festen Wohnsitz und gültigen Personalausweis zu verhaften und samt ihrer Untertasse in Gewahrsam zu schaffen?

Die Rädchen in Sedlmeiers Denkapparat laufen heiß, doch der Aufwand ist umsonst. Denn das Ding senkt sich jetzt über der Häuserreihe, die auf dieser Seite den Altmarkt begrenzt, und nun ist deutlich zu sehen, daß es sich um keine Unter-

tasse handelt. Ein Vogel muß es sein, ein irgendwie exotischer, ungewöhnlich großer allerdings, wie er in Sedlmeiers Erfahrung nicht vorkommt. Selbst ein Storch reicht nicht aus. Aber schon die nächsten Sekunden lassen ihn endgültig zur Gewißheit finden: Das, was dort kreisend niedergeht und nun dicht über dem Eckhaus an der Einmündung der Gasse in den Altmarkt schwebt, ist ein Mensch, ein fliegender Mensch, und wenn ihn nicht alles täuscht, eine Frauensperson. Er ist nah genug, um selbst in dem langen, nachthemdähnlichen Gewand gewisse Eigenheiten des weiblichen Körpers zu erkennen, von dem etwa schulterlangen blonden Schopf ganz abgesehen. Aber in diesem wäre ein Irrtum immerhin möglich.
Während er sich in Laufschritt versetzt, um die hinter den Dachfirst des Nebenhauses getauchte Fliegerin wieder ins Blickfeld zu kriegen, schlägt sein Kombinationsvermögen hurtig das gleiche Tempo an und verbindet die Erscheinung dort oben mit der ihm durchaus vertrauten der Frau Angela Seidel, der hübschen Gattin des Verwaltungsinspektors, die eben in diesem Eckhaus wohnt. Und richtig, über die niedrigere Mauer des Torwegs hinweg erwischt er gerade noch einen letzten Blick auf die hinter dem Windenspalier des Balkons ihrer Wohnung Gelandete, bevor sie durch die Balkontür entschwindet.
Erleichtert schiebt er die Dienstmütze ein Stückchen aus der schwitzigen Stirn und läßt seinen

durch den ungewohnten Laufschritt aufgestörten Organismus zur Ruhe kommen. Das von ihm beobachtete, anfangs so ungewöhnliche, zu kühnen Spekulationen verführende Phänomen ist zu einem behördlich erfaßbaren Tatbestand geworden und entsprechend in seinem Streifenbericht zu vermerken. Ob hier ein Verstoß gegen die Luftverkehrsordnung oder ähnliches vorliegt, das festzustellen ist nicht seine Sache. Mit den grünen Marsbesuchern hätte er es jedenfalls schwerer gehabt. Und was die merkwürdige, zum Schluß kaum noch sichtbare Lichterscheinung betrifft, ist es wohl eine optische Täuschung gewesen.
Mit wieder festgedrückter Dienstmütze setzt er sich erneut in Bewegung, der letzten Station seiner Dienstverrichtung, dem Revier und der Abfassung des Berichts, entgegen. Den heruntergefallenen Dachziegel hat er über Wichtigerem vergessen.

Noch jemand anders ist der geflügelten Angela ansichtig geworden. Das Ischias plagt die alte Frau Zwirnhuber zwar noch immer und läßt sie nicht schlafen, aber das Bett verlassen kann sie schon wieder, und so ist sie um diese frühe Stunde damit beschäftigt, ein paar welke Blätter von den Geranien im Blumenkasten vor ihrem Fenster zu zupfen, als sie den Engel herabschweben sieht.
Im ersten Überraschungsschreck bekreuzigt sie

sich für alle Fälle, aber dann erkennt sie Angela. Erstaunt ist sie nicht, nur ein frommer Schauer durchrieselt sie, wie ihn der Anblick von Heiligem immer bei ihr erzeugt. Sie hat es ja seit langem gewußt, daß die liebe Frau Seidel ein Engel ist, und nicht nur sie, die ganze Nachbarschaft weiß es. Ihr schlichter Sinn findet nichts Schwieriges darin, Irdisches mit Himmlischem zu verbinden. In alten Zeiten sind ja auch die Apostel auf Erden gewandelt; warum sollten da die Engel in diesen, die ihres Wirkens besonders bedürfen, nicht ebenfalls unter den Menschen erscheinen und sich denen, die reinen Herzens sind, zeigen?

Ein Gefühl wie sanfte Wärme erfüllt sie. Noch einmal schaut sie zum Balkon hinüber, auf dem nun nichts Engelhaftes mehr zu entdecken ist, allenfalls ein Restchen des seltsamen Lichts, dann wendet sie sich wieder zu ihrem Bett und stellt dabei andächtig fest, daß der Anblick des Engels bereits ein kleines Wunder gewirkt hat: Sie humpelt viel weniger als vorhin, und der Schmerz in ihrer kranken Hüfte ist fast verschwunden.

Lächelnd streckt sie sich unter die Decke und faltet dankerfüllt die Hände. Sicher wird sie nun schlafen können, es ist ja noch früh, und später wird sie zur Messe gehen und danach dem Vikar von ihrem wundersamen Erlebnis erzählen. Oder vielleicht auch nicht. Vielleicht wird sie es wie einen kostbaren Schatz für sich behalten ...

Und noch ein Dritter, der Gastarbeiter Antonio Guzzi, hat den Engel gesehen, aber er weiß nicht so recht, ob er ihn nur geträumt hat, oder ob es Wirklichkeit war. Eins weiß er aber: Wenn er ihm begegnete, würde er ihn sofort erkennen. Er sieht dem Engel auf dem Bild in der kleinen Kirche daheim in Castellano ähnlich, zu dem er schon als Junge lieber aufsah als zur Madonna daneben, weil er mit seinem goldenen Haar und seinen lächelnden tiefblauen Augen so hübsch und so anheimelnd irdisch war. Ja, er würde ihn erkennen und sich bei ihm bedanken, weil er ihn aus dem dunklen Wirrsal dieser Nacht heil herausgeführt hatte. Wie gesagt, wenn es ihn, was nicht ganz sicher war, überhaupt gab.

Als Antonio mit mächtig brummendem Schädel auf der bescheidenen Bettstatt seiner Kammer bei der Witwe Knopf erwacht war – im gleichen Zeug, das er gestern abend getragen hatte, nur die schmutzigen Schnürstiefel waren ihm von jemand ausgezogen und fein säuberlich nebeneinander unters Bett gestellt worden –, hatte er sich zuerst an rein gar nichts erinnert. Allmählich war dann aus den dichten Nebelschwaden, die durch seinen schmerzenden Hirnkasten wogten, zuerst die Kneipe aufgetaucht, und ein schreckhafter Griff zur inneren Jackentasche brachte ihm die betrübliche Bestätigung, daß auch das Spielchen, zu dem er sich hatte verleiten lassen, Wirklichkeit war. Der alte Briefumschlag war noch da, aber das

Geld in ihm war futsch, und auch hektisches Stöbern in allen Taschen förderte es nicht zu Tage.
Nun war er wach, doch das Dunkel der hinter ihm liegenden Nacht wurde deswegen nicht viel lichter. Nur ans Verlassen der Kneipe erinnerte er sich und daran, daß ihn irgendwann rauhe Fäuste aus tiefem Schlummer gerüttelt und auf ungeklärte Weise mit einem Polizisten zu tun gehabt hatten, mit dem er über irgendwas uneins gewesen war. Danach versank alles wieder in undurchdringlichem Dunkel. Ja, und dann war es plötzlich licht um ihn geworden, und der Engel war ihm erschienen. Er hatte sich über ihn gebeugt, hatte ihn bei der Hand genommen und lächelnd gesagt: »Komm mit, Antonio. Dies ist kein Ort für ehrliche Leute.« Und dann waren sie auf einer Wolke davongeflogen. Vielleicht war es auch ohne Wolke vonstatten gegangen, er wußte es nicht mehr genau, vielleicht spielte ihm nur der Engel aus Castellano auf seiner Wolke einen Streich, aber irgendwie geflogen waren sie. Und nun hockt er auf dem Rand seines Bettes, die Ellbogen auf die Knie und den Kopf in beide Hände gestützt, und zergrübelt sich das Hirn, um herauszufinden, was wirklich geschehen war.
Auch die Witwe Knopf vermag nichts Erhellendes beizusteuern. Nur, daß er mit erklecklichem Gepolter heimgekehrt sei zu einer Zeit, wenn anständige Menschen schon ans Aufstehen dächten, wie sie säuerlich bemerkt, und einen Moment

habe sie sogar eine weibliche Stimme zu hören vermeint. Als sie dann aber aufgestanden sei, um die Person aus dem Haus zu weisen, denn sowas gebe es bei ihr nicht, habe sie ihn nur allein in der Kammer gefunden, in einem Zustand – nun, christliche Milde gebiete ihr, sich erst gar nicht darüber zu verbreiten, aber er habe wenigstens den Anstand gehabt, nicht gleich mit Schuhen ins Bett zu steigen. Wenn sie je eines so gröblichen Verstoßes gegen die guten Sitten ansichtig werde, habe er mit sofortiger Kündigung ihres Mietverhältnisses zu rechnen. Ausländern müsse man zwar ihren schlichteren kulturellen Zustand zugute halten, aber was zuviel sei, sei nun einmal zuviel ...

In ihrer Kittelschürze aufgereckt wie ein Ausrufungszeichen, das mausgraue Haar zu einem kleinen, festen Knoten auf dem Scheitel zusammengedreht, die Arme unter dem mageren Busen verschränkt, nur hin und wieder ein lästiges Tröpfchen von der länglichen Nase wischend, hat die Witwe Knopf noch einiges mehr über das ihr offenkundig am Herzen liegende Thema zu äußern, aber Antonio Guzzi hört längst nicht mehr zu.

Sein Blick ist träumerisch zu den noch immer fein säuberlich nebeneinanderstehenden Schuhen abgeglitten. Hätte er sie sich in seinem Zustand selbst ausgezogen, lägen sie zweifellos der eine hier, der andere da in der Kammer verstreut. Und

da es, wie er nun weiß, auch die Signora Knopf nicht gewesen ist, muß sich der Engel persönlich dieser Anstandspflicht unterzogen haben. Die Signora Knopf hat ja sogar seine Stimme gehört.
Andächtig greift er nach den Schuhen, um sie anzuziehen.
»Wollen Sie sie denn nicht erst putzen?« erkundigt sich Frau Knopf vorwurfsvoll. Und da Antonio trotz allem ein netter Mensch ist, der sie zuweilen an den Sohn denken läßt, den sie leider nie gehabt hat und infolgedessen auch nicht zu einem ordentlichen Menschen hat aufziehen können, fährt sie fort: »Geben Sie her. Ich werde sie für Sie putzen, während Sie frühstücken.«
Doch Antonio zieht sie nur fester an sich. Schuhe putzen, die ein Engel berührt hat? Dio mio! Wo bliebe da der an ihnen haftende Segen? Er würde glatt mit weggeputzt!
»Grazie!« sagt er mit einem Kinderlächeln. »Iisch putzen più tardi ... später. Werden bei Arbeit doch gleich wieder schmuutzig!«
Der Witwe Knopf bleibt nur ein Kopfschütteln ob soviel ausländischer Kulturlosigkeit.

Im Wohnzimmer bei Seidels sitzen zur gleichen Zeit Angela und Florian beim Frühstück beisammen. Mit der Unterhaltung will es nicht recht voran. Sie beschränkt sich auf Sätzchen wie: »Reich mir bitte die Butter rüber!« und »Willst du noch ein bißchen Kaffee?« Dazwischen dehnt sich gespanntes Schweigen.

An Angela liegt's nicht, es liegt an Florian. Jedes Wort, das er über die Ereignisse der Nacht sagen könnte – und worüber sollte er sonst wohl reden? –, kommt ihm vor wie ein Schritt über dünnes Eis. Ist er erst mal eingebrochen, gibt's kein Augenzukneifen mehr. Dann hat er sich einer Situation zu stellen, die ihm über den Kopf wachsen muß. Angela sitzt jetzt zwar neben ihm am Tisch, ist nicht anders als sonst, andererseits hat er sie aber da oben herumfliegen sehen, nicht nur einmal, gleich zweimal, und es ist kein Traum gewesen. Es ist höchst verwirrend, verschlägt ihm den Appetit und bedarf somit der Klärung. Wenn er umsichtig vorgeht und sich strikt ans Begreifliche hält, wird das Eis ihn vielleicht tragen.

Sich umständlich räuspernd, fragt er, und es soll ganz beiläufig klingen:

»Wie ... wie kommt es eigentlich, daß du fliegst?«

»Ich hab' mir's gewünscht«, gibt Angela bereitwillig Auskunft.

»Und das genügt?«

Sie nickt. Es kommt ihr im Nachhinein selbst merkwürdig vor, aber so war's nun einmal, jedesmal, und sie möchte es Florian genau erklären.

»Ich denke mir, daß ich jemand helfen könnte, dem armen Italiener, zum Beispiel. Daß sie ihn dieses Verdachts wegen vielleicht länger einsperren, weil er ihn doch nicht so fix widerlegen kann, und daß er dann seine Arbeit und die Aufenthaltserlaubnis dazu verliert, obwohl er doch völlig unschuldig ist. Und dann wünsche ich mir, Flügel zu haben, um eben richtig helfen zu können. Und auf einmal, ganz plötzlich, spüre ich Flügel an meinem Rücken.«

Florian staunt. So ist das also! Man wünscht sich was, und schon ist's passiert. Aber er hütet sich, tiefer in dieses Mysterium einzudringen, denn er merkt schon, wie das Eis unter seinen Füßen zu knistern beginnt.

»Und dann hast du ihn rausgeholt?« forscht er auf weniger brüchigem Boden weiter.

»Ja, rausgeholt und zu ihm nach Hause und gleich ins Bett gebracht.«

»Ins Bett?« Das, findet er, geht denn doch zu weit, das mußte nicht sein! »Du hast doch nicht etwa ...?«

Ein winziges Wellchen Eifersucht sprutzt in ihm hoch. Wenn er sich recht erinnert und dem kurzen Blick in die Kammer bei ungewisser Beleuchtung trauen kann, ist der Italiener selbst in seinem betrüblichen Zustand noch ein ganz passabel anzusehender Bursche gewesen. Und man weiß ja, wie Italiener sind. Nicht ganz zufällig hat einer von ihnen Casanova geheißen.

»Nur die Schuhe hab' ich ihm ausgezogen!« versichert Angela rasch, um Florians Gemütszustand

nicht noch mehr zu strapazieren. »Er hat es nicht einmal gemerkt.«
Das läßt sich schon eher hören. Das Wellchen verläuft sich, Angelas Lächeln findet schwachen Widerhall in seinem besorgten Blick. Er beißt sogar in die dick mit Butter beschmierte Semmelhälfte, die er schon minutenlang schwebend hält, kaut gewissenhaft, kippt einen Schluck Kaffee hinterher und fühlt sich gleich besser.
Aber da ist noch etwas, was ihm Sorgen bereitet.
»Es hat dich doch bisher niemand dabei gesehen?«
Sie verneint so entschieden, daß ihr das blonde Gelock um die Ohren fliegt.
»Bestimmt nicht! Ich hätte es gemerkt.«
Florian schiebt erleichtert auch die andere Semmelhälfte nach. Wenn niemand sie gesehen hat, ist alles in Butter. Dann kann sie auch niemand mit dem Verschwinden des Mannes aus dem Revier in Verbindung bringen. Anderenfalls wäre es nämlich peinlich gewesen, auch für ihn. In diesem wie in allen anderen Punkten kann es also beim Augenzukneifen bleiben.
Er sieht auf die Uhr. Es ist höchste Eisenbahn, sich zum Dienst zu begeben. Doch bevor er geht, wendet er sich, Hut und Aktentasche schon in der Hand, noch einmal zu ihr. Schlank und rank steht sie vor ihm in einem leichten, hellen Hausanzug, der ihre lieblichen Formen noch unterstreicht.

»Um eins bitte ich dich«, sagt er und versucht, trotz ihrer Lieblichkeit milde Strenge in seinen Blick zu legen. »Mach's nicht nochmal! Es könnte Schwierigkeiten geben.«

Ihr Lächeln kündet guten Willen.

»Natürlich nicht. Wenn du es so willst ...« Und falls nichts passiert, was mich dazu zwingt, fügt sie im stillen für sich hinzu.

Hat er den Vorbehalt gespürt, oder woran liegt's sonst, daß er dunkle Wolken am Horizont aufsteigen sieht, während er gleich darauf über den Altmarkt zum Rathaus stiefelt, obwohl sich ein makelloser Himmel von sanftem Blau über den alten Häusern breitet?

VIERTES KAPITEL

Auch der Leiter der örtlichen Polizeibehörde, Polizeirat Kneisel, hat einigen Grund, dem Blau des Himmels als Garantie für einen friedlichen, geruhsamen Tag zu mißtrauen. Gleich zu Anfang ist ihm Unerfreuliches zu Ohren gekommen: Ein Mann ist aus polizeilichem Gewahrsam entwichen.

»Ein Mann ... ein Mann ... was für ein Mann?« schnaubt er den vor seinem Schreibtisch stramm aufgebauten Reviervorsteher Hundlinger ärgerlich an.

Der reißt dienstwillig die Augen auf, hat aber sonst nicht viel Erhellendes anzubieten. Dem Bericht des Wachhabenden zufolge stehe der fragliche Mann im Verdacht, einer Einbrecherbande anzugehören. Am selben Abend sei auch ein Schaufenstereinbruch verübt worden. Der Mann sei aber zu betrunken gewesen, um danach befragt zu werden und über Namen, Personenstand und Wohnung nähere Auskunft zu geben.

Kneisels bärbeißiges, von einem stachligen Schnauzbart und buschigen Augenbrauen geziertes Gesicht läuft bis unter die graumelierte Bürstentolle krebsrot an.

»So?« Das Wörtchen zischt wie ein Geschoß in Hundlingers Gehörgang. »Aber offenbar nicht betrunken genug, um sich nicht schnellstens wieder aus dem Staub zu machen! Wie ist der Mann aus der Zelle gekommen?«

Auch dieser Punkt der Angelegenheit bleibt in geheimnisvolles Dunkel gehüllt. Hundlinger hat keinen blassen Schimmer. Er habe sich schon selbst den Kopf darüber zerbrochen, bekennt er beklommen. Leider vergebens. Spuren von Gewaltanwendung seien weder an der Tür noch am Fenster festzustellen gewesen, ganz abgesehen davon, daß der Mann aus dem Fenster mehr als fünf Meter in den Parkgraben hinter dem Rathaus hätte abspringen müssen und die Zellentür im Blickfeld des Wachhabenden gelegen habe.

»Klarer Fall!« konstatiert Kneisel und klatscht wütend mit der flachen Hand auf die Schreibtischplatte, so daß Hundlinger trotz seiner soliden, nicht gerade nach Schreckhaftigkeit aussehenden Körperlichkeit nervös zusammenfährt.

»Der Wachhabende ist natürlich ebenfalls betrunken gewesen und hat in seinem Suff nicht nur unterlassen, die Zelle ordnungsgemäß zu versperren, sondern hinterher auch noch pflichtvergessen seinen Rausch ausgeschlafen, so daß der Mann sich mühelos hat entfernen können. Eine beispiellose Schlamperei, für die der Betreffende disziplinarisch zu belangen ist. Untersuchen Sie die Sache, Hundlinger! Ich erwarte Ihren Bericht.«

Die entlassende Handbewegung fällt so nachdrücklich aus, daß dem Reviervorsteher erst auf dem Flur vor der Tür das ehrfürchtige Staunen über das Kombinationsvermögen seines Vorgesetzten vergeht, denn dessen Schlußfolgerung hat ein gewaltiges Loch. Der betreffende Mann, Gerstl mit Namen, ist nämlich nicht nur als Vegetarier und Alkoholfeind in der ganzen Belegschaft unrühmlich bekannt, er leidet noch dazu an notorischer Schlaflosigkeit und wird darum mit Vorliebe zum Nachtdienst im Revier eingeteilt.

Einen Moment überlegt er, ob er diesen Beitrag zur Wahrheitsfindung noch leisten soll, aber dann läßt er es lieber. Nichts überstürzen ist schon immer seine Devise gewesen, und mit Vorgesetzten, die sich im Besitz unumstößlicher Wahrheiten glauben, ist ohnehin nicht zu reden. Wenn Kneisel sich beruhigt hat, wird er schon eher zu Zweifeln an seiner Unfehlbarkeit geneigt sein.

Aber auch das Weitere ist nicht unbedingt dazu angetan, auf Kneisel beruhigend zu wirken. Der nächste Bericht in der Vorlagemappe läßt ihn eher zu der beunruhigenden Vermutung kommen, daß auch dessen Verfasser betrunken gewesen sein muß. Ein fliegendes weibliches Wesen will der Mann beobachtet haben, das angeblich auf dem Balkon eines Hauses am Altmarkt landete und sich bei näherem Zusehen als die ihm persönlich bekannte Gattin des hiesigen Verwaltungsinspektors Seidel entpuppte. Wenn es sich nicht um einen dienstlichen Bericht handelte und ihm danach zumute wäre, wäre es glatt zum Lachen.

Kneisels Blick sucht die Unterschrift. »Sedlmeier« steht da in knorrigen, immerhin eine sichere Hand verratenden Buchstaben geschrieben.

Der Mann ist ihm als solide und zuverlässig erinnerlich. Nicht gerade ein Geistesheld, aber das müssen Polizisten ja nicht sein, sofern sie nur nüchtern sehen, was um sie herum vorgeht, und im rechten Moment energisch zupacken können. Von Kurzsichtigkeit, Phantasterei oder gar Neigung zu visionären Erscheinungen ist ihm in Zusammenhang mit dem Mann auch nichts zu Ohren gekommen. Die fliegende Frau Seidel gewinnt demnach an Wahrscheinlichkeit.

Kopfschüttelnd drückt er den Klingelknopf auf dem Schreibtisch, worauf in der Tür zum Büro nebenan der Kanzlist Hämmerling erscheint, ein hagerer, langer Mensch, der wie eine gerupfte Eule durch dicke Brillengläser blinzelt.

»Sehen Sie in der Kartei einmal nach, ob sich bei den Personalien einer gewissen Frau Seidel ... Angela Seidel«, ergänzt Kneisel nach einem raschen Blick in den Bericht, ». . . ein Vermerk findet, daß sie im Besitz eines Flugscheines ist. Wenn nicht, Meldung an mich. In jedem Fall laden Sie sie für übermorgen vor.«

»Zu Befehl, Herr Rat!« knarrt Hämmerling und verschwindet. Er ist, man sollte es nicht meinen, in den Tagen seiner reifen Männlichkeit Schreibstubenfeldwebel gewesen und kann sich von alten Gewohnheiten nicht lösen.

Die Sache wäre also erledigt, fürs erste wenigstens. Übermorgen wird man weitersehen. So oder so. Ob sie nun einen Flugschein hat oder nicht, man wird der Dame klarmachen müssen, daß sie nicht mir nichts, dir nichts über dem Stadtgebiet herumfliegen kann. Falls sie überhaupt geflogen ist. Er wird sich den Sedlmeier doch noch einmal vorknöpfen müssen.

Entschlossen blättert er zum nächsten Bericht in der Vorlagemappe weiter. Was hat er da? Eine Beschwerde über die wiederholte Verunreinigung des Gehwegs vor dem Haus Drosselgasse 5 durch drei einem der Mieter gehörenden Hunde undefinierbarer Rasse. Sein Gemüt heitert sich auf, das Brauengestrüpp glättet sich zusehends. Das wenigstens ist ein klar durchschaubarer, klar umrissener, mit entsprechenden polizeilichen Maßnahmen klar zu regelnder Tatbestand. Der blaue Himmel über dem Altmarkt beginnt endlich, sein Versprechen zu halten.

Angela hat sich für die Begegnung mit dem Polizeirat gebührend gerüstet. Nicht etwa, um auf ihn Eindruck zu machen, sondern um sich seelisch auf eine Situation einzustimmen, in der sie zweifellos jede Menge Selbstsicherheit brauchen wird, denn sie kann sich ziemlich genau ausmalen, um was es vermutlich geht. Was hätte sie sonst mit der Polizei zu tun?
Florian erfährt besser nichts davon, vorläufig wenigstens nicht, er würde sich nur unnötig Sorgen machen. Darum hat sie ihm von der Vorladung nichts gesagt. Sie kennt ihn zu gut, um nicht zu wissen, daß er mit seiner Entdeckung, dem zur Wirklichkeit gewordenen Traum, noch längst nicht fertig ist. Sie merkt es daran, daß er kein Wörtchen darüber verliert und so tut, als sei alles in schönster Ordnung. So ist er nun mal. Wie kann er auch wahrhaben wollen, was ihm unerklärlich ist, und wie könnte er sich's erklären, wenn sie es selbst nicht versteht? Die Tatsache ist nicht zu bestreiten, daß ihr offenbar auf Wunsch Flügel wachsen. In einer Welt, in der Menschen auf dem Mond spazierengehen, nimmt sich das gar nicht so seltsam aus, ist alles möglich, warum nicht auch das? Nur muß man dran glauben. Ob das allerdings einem Polizeimenschen begreiflich zu machen ist, noch dazu diesem, dessen Ruf sie kennt, ist zu bezweifeln, und sie beschließt deshalb, bei der bevorstehenden Unterredung äußerste Vorsicht walten zu lassen.

Es ist Wochenmarkt, und der Altmarkt zwischen Rathaus und der ehrwürdigen St. Damianskirche quillt förmlich von Buden und Ständen über. In den schmalen Gängen drängen sich die Käufer, Hausfrauen zumeist, und über all das Geschiebe, über das Stimmengewirr und das Geschrei der Händler und Bauern, die ihre Waren anpreisen, schwingen sich von irgendwoher die Klänge einer Drehorgel in die blaue Luft über den alten Häuserfronten und erfüllen sie mit fröhlichen Walzerrhythmen.

Angela meidet das Gewühl und folgt lieber dem Gehsteig an den Häusern entlang, schon wegen der hochhackigen italienischen Pumps, die auf Holperpflaster geradezu halsbrecherisch sind, ihr jugendlich-flottes blauleinenes Sommerkostümchen aber erst richtig zur Geltung bringen. Um den Hals hat sie ein kleines weißes Seidentuch geknüpft, dessen Zipfel ihr auf die Schulter wippen, und das honigblonde Haar hat sie mit der Bürste so nachhaltig zur Ordnung verwiesen, daß die leichte Brise nur über der Stirn ein paar kringelige, flaumleichte Löckchen lockert, gerade genug für eine Spur anmutiger Koketterie.

Sie ist so hübsch, daß sich selbst in Hämmerlings faltig-melancholischen Zügen karges Wohlgefallen regt, als er sie ersucht, noch einen Moment im Flur Platz zu nehmen. Der Herr Rat sei momentan noch beschäftigt.

Der Herr Rat hat sich gerade Sedlmeier vorgeknöpft, zur Absicherung sozusagen, bevor er sich die Delinquentin selbst vornimmt. Der Fall ist immerhin merkwürdig, und letzte Zweifel sind zu beheben.

»Sie haben da also jemand fliegen sehen?« fragt er und bemüht sich um einen möglichst zivilen Ton, um den Mann zu lockern.

Es ist nicht nötig. Sedlmeier fühlt sich locker genug. Rapporte bei Vorgesetzten sind kein reines Vergnügen, bei diesem schon gar nicht, aber er ist sich seiner Sache ja sicher.

»Jawoll«, sagt er. »Zuerst hab' ich's für was anderes gehalten . . .«

Einen Augenblick schwankt er, ob er der Vollständigkeit halber die grünen Marsmännerchen einflechten soll, aber dann verschweigt er sie lieber. In dem nüchternen Büroraum mit seinen Reihen von Aktenordnern, in dem nicht mal ein kümmerliches Alpenveilchen vor sich hin dorrt, kommen ihm diese Besucher von einem anderen Stern allzu exotisch vor.

». . . aber dann«, endet er, »hab' ich genau gesehen, daß es eine Frauensperson war.«

»So. Und woran? Sie waren doch wohl ein ganzes Stück von der Erscheinung entfernt?«

»So weit nun wieder auch nicht, Herr Rat. Auf dem Bürgersteig schräg gegenüber. Und auf meine Augen ist noch Verlaß. Und da die Person mit sowas wie einem Nachthemd bekleidet war, ganz dünnes Zeug, das ihr der Wind um den Leib schlug, konnt' ich deutlich ihre . . . na ja . . .«

Sedlmeier erlaubt sich ein diskretes Grienen, während seine Hände zur besseren Verdeutlichung dessen, wofür ihm angesichts des Vorgesetzten und bei dieser hochoffiziellen Gelegenheit die passende Bezeichnung nicht gleich einfallen will, zwei stattliche Wölbungen vor seinem breiten Brustkorb beschreiben, und fügt wohlgefällig hinzu:

»Man weiß ja schließlich noch, wie 'ne Frau aussieht.«

Kneisels säuerliche Miene läßt unschwer erkennen, daß er die private Anmerkung zwar gehört hat, aber nicht zur Kenntnis zu nehmen gedenkt.

»Und dann konnten Sie die Person auch noch als Frau Seidel identifizieren?«

Sedlmeier nickt.

»Jawoll, Herr Rat. Erstens ist sie auf dem Balkon gelandet, wo Seidels wohnen, und zweitens ist sie mir persönlich bekannt. Letzten Winter hat sie nämlich die Zenzi, meine Älteste, nach Hause gebracht, als sich die dumme Trine beim Schlittern auf dem Burgteich den Fuß verstauchte, und von der Bandage, die sie ihr gleich da angelegt hat, hat sogar der Doktor gesagt, er hätt's nicht besser machen können . . .«

Ein mahnendes Räuspern Kneisels verbunden mit ungeduldigem Bleistiftklopfen unterbricht die

Lobeshymne und ruft den Polizisten aus familiären Bereichen zurück.
»Sie sind also ganz sicher?« hakt Kneisel zur Vorsicht noch einmal nach.
Sedlmeier drückt dienstlich die Brust heraus, daß die Nähte knacken.
»Totsicher, Herr Rat! Wenn sie's nicht war, könnt's nur ein Engel gewesen sein, und die gibt's ja nicht!«
Er könnte sich aufs Maul hauen, weil es ihm wider Willen rausgerutscht ist, nur weil er gerade daran dachte, wie die Leute im Ort sie nennen, doch zu seiner Verblüffung zeigt sich im Schatten des Kneiselschen Schnauzbarts und der buschigen Brauen der schwache Abglanz eines knurrigen Lächelns als rarer Beweis dafür, daß der Rat gelegentlich für ein Späßchen empfänglich ist. Er geht sogar noch darauf ein.
»Allerdings«, sagt er. »Und mit denen hätten wir's bei der Polizei auch bestimmt nicht zu tun.«
Und wieder stocktrocken wie sonst: »Sie können abtreten. Schicken Sie mir Frau Seidel herein.«

Das erste, was Kneisel bei Angelas Anblick unwillkürlich vermerkt und schleunigst als allzu privat und für den Sachverhalt unerheblich aus seiner Personalinventur verbannt, ist die Tatsache, daß der von Sedlmeier pantomimisch angedeutete Körperteil der Dame bei weitem nicht so prominent wie beschrieben und ihrer jugendlichen

Erscheinung infolgedessen bekömmlicher ist. Im übrigen kennt er sie, wenn auch nicht persönlich – Verwaltungsinspektoren samt Gattin gehören nicht zu seinem gesellschaftlichen Verkehr –, so doch vom Sehen. Zumpelshausen ist an hübschen jungen Damen gewiß nicht ärmer als andere vergleichbare Örtlichkeiten, aber Angela ist mit ihrem leichten, schwingenden Gang, ihren veilchenblauen Augen und bei jedem Schritt tanzenden blonden Locken eine zu auffallende Erscheinung, als daß man sie bei ihren Gängen durch die Stadt oder beim Kurkonzert am Sebaldusbrunnen übersehen könnte. Selbst Polizeiräte können es nicht, die ihren verantwortungsvollen Dienst doch streng unparteiisch und ohne Ansehen der Person und ihrer eventuellen Reize auszuüben haben.

Immerhin stellt er sich mit einem knappen »Kneisel« bei gleichzeitigem leichten Anheben des Hinterteils sowie Andeutung einer Verbeugung vor und weist sodann auf den Stuhl vor seinem Schreibtisch.

»Setzen Sie sich.«

Angela setzt sich, schlägt unbefangen ein seidig bestrumpftes Bein übers andere und läßt den rechten zierlichen Italiener im Blickfeld des Polizeirats wippen. Kneisel bemüht sich, es zu übersehen.

»Sie sind Frau Seidel . . . Frau Angela Seidel.«

Es klingt nach Feststellung, nicht nach Frage, und

Angela begnügt sich mit einem bestätigenden Lächeln.

»Laut Polizeibericht«, fährt Kneisel fort, »sind Sie in den frühen Morgenstunden des 21. 6., das heißt vorgestern, bei der Rückkehr von einem Flug beobachtet worden, ohne daß Sie, wie ich feststellen mußte, im Besitz eines Flugscheins sind ...«

»Einen Führerschein hab' ich!« läßt sich Angela hilfsbereit vernehmen.

Kneisel runzelt die Stirn. Unterbrechungen schätzt er nicht, läppische schon gar nicht, selbst wenn sie so gut gemeint sind, wie diese sich anhört.

»Das ist in diesem Zusammenhang ohne Belang. Zum Fliegen ist ein gültiger Flugschein erforderlich, der Ihnen nach Absolvierung des Flugkurses von einer behördlich zugelassenen Schule ausgestellt wird. Zuvor haben Sie der Flugschule ein polizeiliches Führungszeugnis, ein fliegerärztliches Flugtauglichkeitsattest sowie Ihre Geburtsurkunde, Paßfotos und eine Auskunft des Verkehrszentralregisters vorzulegen.«

Mit Befriedigung stellt er fest, daß seine Besucherin offenbar den Ernst der Angelegenheit begriffen und nicht nur das leichtfertige Fußwippen eingestellt, sondern darüber hinaus eine dem Ort und dem Anlaß ihrer Anwesenheit angemessene respektvolle Haltung eingenommen hat. Eigentlich könnte er es fürs erste mit der erzielten Wirkung genug sein lassen, aber er hat sich nun mal präpariert, und ihm liegt daran, ihr die ganze Unverantwortlichkeit ihres unerlaubten Tuns vor Augen zu führen.

»Die theoretische Ausbildung«, fährt er also fort, »umfaßt in mindestens achtzig Unterrichtsstunden Belehrungen über Luftrecht, Luftverkehrs- und Flugsicherungsvorschriften, Navigation, Meteorologie, Technik und Verhalten bei besonderen Vorkommnissen . . .«

Angela sitzt noch immer in der gleichen aufrecht-achtsamen Schulmädchenhaltung auf ihrem Stuhl – er hat es mit einem schnellen Aufblick vom Zettel vor ihm festgestellt –, aber er sieht nicht, daß der Blick ihrer weit geöffneten traumblauen Augen ins Abwesende geglitten ist, dorthin, wo ihre Gedanken eigenmächtigen Pfaden folgen. Mein Gott, denkt sie, bei mir ist das alles viel einfacher gewesen. Ich hab' mir Flügel gewünscht, und ich bekam sie. Ich versuchte zu fliegen, und es ging, ging sogar sehr gut. So muß es auch früher bei den Engeln gewesen sein. Wenn sie erst mit polizeilichem Führungszeugnis und Paßfotos zur Flugschule hätten gehen müssen, hätte es bestimmt nie Engel gegeben.

Kneisels knarrige Stimme dringt wieder wie aus dickem Nebel zu ihr:

». . . Für die praktische Ausbildung schreiben die Richtlinien des Bundesministers für Verkehr sechzig Starts und Landungen in mindestens vierzig Flugstunden vor, fünf davon auf drei verschiedenen Flugplätzen, eine auf einem Verkehrsflughafen sowie fünf Außenlandeübungen . . .«

»O Gott!« entfährt es Angela.

»Wie bitte?« erkundigt sich Kneisel verdutzt.

Angela lächelt sanft verwirrt.

»Entschuldigen Sie. Ich wollte nur sagen . . . ich lasse es lieber, glaube ich . . . ich meine das Fliegen.«

Der Fall ist glasklar, wenigstens für Kneisel. Ihre Worte lassen keinen Zweifel daran, daß sie vor den Anforderungen des Fluglehrgangs kapituliert. Wenn er so ihre schlanke, gewiß schwächliche, aber doch eher zum Zarten neigende Gestalt betrachtet, ausschließlich sachbezogen natürlich, findet er es auch durchaus begreiflich. Fliegen ist in seinen Augen eine harte Männersache; Frauen haben andere Aufgaben und gehören ins Haus.

Aber mit Worten ist das so eine Sache. Sie lassen sich so oder so auslegen, weil man ihnen die Motive nicht ansieht, die sich hinter ihnen verstekken. Angela scheut sich keineswegs vor irgendwelchen Anforderungen. Sie fühlt sich durchaus imstande, wo und wann auch immer zu starten oder zu landen, nicht nur auf Außen- und Verkehrsflugplätzen, auch auf Balkonen. Doch sie denkt an Florian. Wenn etwas so mit Verordnungen und Geboten bepflastert ist, muß ein Zuwiderhandeln ernste Folgen haben, Folgen, die nicht nur sie allein betreffen, und die muß sie Florian ersparen. Sie weiß, daß er mit Leib und Seele Beamter ist, und Beamte handeln nicht zuwider, ihre Frauen selbstverständlich auch nicht. Sie halten sich gewissenhaft an Ordnung und Gesetz. Hätte sie gleich gewußt, was es mit dem schlichten Vorgang, sich in die Lüfte zu erheben, für eine folgenschwere Bewandtnis hat, hätte sie sich erst gar nicht darauf eingelassen.

Reumütig hebt sie ihren Blick zu Kneisel, weiteres Ungemach erwartend, aber angesichts so deutlich sich äußernder Einsicht hat Kneisel eine für seine Verhältnisse fast väterliche Miene aufgesetzt und großzügig beschlossen, den einmaligen Verstoß ungesühnt zu lassen.

»Na, schön, Frau Seidel«, sagt er. »Wenn ich mich drauf verlassen kann, werde ich den Fall zu den Akten legen.«

Er will sie schon entlassen, aber da fällt sein Blick auf eins der vor ihm liegenden Papiere, den Bericht Hundlingers, der das Verschwinden des Häftlings aus der Zelle betrifft.

»Eine Kleinigkeit noch«, sagt er. »Hier heißt es, Ihr Mann habe kürzlich die Abholung eines Betrunkenen aus Ihrer Wohnung zwecks Ausnüchterung im Revier veranlaßt.«

Er sieht auf, und obwohl ihr unschuldvoller Blick eigentlich von vornherein jede Frage erübrigt, fragt er doch:

»Der Mann war Ihnen wohl nicht bekannt?«

Sie verneint wie erwartet, fühlt sich aber nicht

verpflichtet, über die häuslichen Interna Auskunft zu geben.

»Wir fanden ihn im Torweg und nahmen ihn nur vorübergehend in die Wohnung mit, um ihm eine Erkältung zu ersparen. Es regnete in dieser Nacht.«

Schade. Kneisels geheime Hoffnung, auf diesem Wege doch noch auf die Spur des verschwundenen Häftlings zu kommen, ist geplatzt. Bedauernd sagt er:

»Eine sehr humane Regung ... Tscha, das wäre dann wohl alles!«

So ganz mit sich zufrieden ist er diesmal allerdings nicht, als sich die Tür hinter dem blauleinenen Sommerkostümchen schließt. Irgend etwas wurmt ihn, er weiß nicht recht, was. Hat er die Autorität des Staates etwa durch zwei erstaunlich blaue Augen aufweichen lassen? Ist die anmutig verpackte reuige Einsichtigkeit nur ein Augenpulver gewesen, um seinen Blick von Schlimmerem, noch Verborgenem abzulenken?

Unwillig schüttelt er derlei Gedanken ab. Kritik ist gut, vorzüglich an anderen. Selbstkritik ist überflüssig. Aber er nimmt sich vor, die Augen weit offen zu halten.

Er ist nicht der einzige in Zumpelshausen, der sich das vornimmt.

Die erstaunliche Kunde, daß ein einsitzender Häftling auf ungeklärte Weise aus Polizeigewahrsam entwichen ist, hat sich, obwohl behördlicherseits peinlichst verschwiegen, auf Schleichwegen bis in die Redaktion des »Zumpelshausener Boten« herumgesprochen und dort das lebhafte Interesse des für die Rubrik »Stadt und Land« zuständigen Reporters Gottlieb Wägele gefunden. Wägele ist ein wendiger, schnüffliger Typ unter fünfundzwanzig, es ist sein erster Job im erwählten Beruf, und er brennt darauf, sich in ihm auszuzeichnen, einen richtigen »Fall« aufzureißen, der seinen Namen über Zumpelshausen hinaus dorthin tragen soll, wohin er gehört, in die Weltpresse nämlich. Wenn nicht gleich so weit, dann wenigstens in die hauptstädtische. Bullenkrönungen, Wirtshausprügeleien, Schützenvereinssitzungen und ähnliches sind aber kaum dazu geeignet, und Aufsehenerregenderes kommt seiner nach Mord und Totschlag dürstenden Feder leider nicht in die Quere.

Ein verschwundener Häftling ist da schon interessanter. Dienstversäumnisse, Nachlässigkeiten, vielleicht gar Kumpeleien pflichtvergessener Beamter sind aufzudecken und unter knalligen Überschriften der unbehaglich staunenden Mitwelt vorzuführen.

Wägele treibt sich infolgedessen schon seit den Morgenstunden mit gespitztem Kugelschreiber, griffbereitem Notizblock und für alle Fälle um den Hals gehängter Fotokamera in der Hauptpolizeiwache herum und versucht, Licht in die dunkle

Angelegenheit zu bringen. Aber es scheint fast so, als gäbe es keine. Der Posten am Eingang weiß von nichts, Sedlmeier, dem er im Wachlokal begegnet, hat keinen Schimmer, außerdem sei er in der fraglichen Nacht auf Streife gewesen; der Wachhabende verweist ihn achselzuckend an den Reviervorsteher Hundlinger, Hundlinger verweist ihn, ebenfalls achselzuckend, an den Polizeirat, der einzig zuständigen Instanz dafür, und der Polizeirat ist nicht zu sprechen und hat überhaupt Wichtigeres zu tun, als sich mit Zeitungsmenschen abzugeben.

Ein anderer gäbe sich vermutlich fürs erste geschlagen, Wägele nicht. Je weniger man davon wissen will, desto mehr prickelt ihm die Gewißheit in der mit Spürsinn gesegneten länglichen Nase, daß man davon weiß und nur darum nichts davon wissen will, weil das, was man davon weiß, das Tageslicht zu scheuen hat. Mit Achselzucken ist er jedenfalls nicht abzuspeisen, er nicht, und die Presse ist schließlich eine Macht, der sich auch ein wichtig beschäftigter Polizeirat zu beugen hat.

Während er noch unter den mißtrauischen Blikken des Reviervorstehers im Wachlokal herumsteht und auf einen günstigen Zufall lauert, der ihm weiterhelfen könnte, erspäht er die von ihrer Unterredung mit Kneisel kommende Angela, und es stellt sich heraus, daß selbst ein auf frischer Fährte jagender Reporter noch für weibliche Reize anfällig ist. Er ist zwar noch nicht lange genug im Städtchen heimisch, um schon einen Überblick über die vorhandenen Schönen zu haben, aber dieser da dürfte ohne jeden Zweifel die Krone gebühren.

»Wer ist denn das?« fragt er Hundlinger, der respektvoll die Tür vor ihr aufgerissen hat.

Hundlinger will wiederum achselzuckend verweisen, doch dann fällt ihm noch rechtzeitig ein, daß in diesem Punkt kein Amtsgeheimnis zu hüten ist, und er gibt willig Auskunft. Nebeneinander stehen sie in der Tür, in der Bewunderung der reizvollen Erscheinung Angelas vereint, die schwingenden Schritts die wenigen steinernen Stufen der breiten Rathaustreppe hinunterschwebt und gleich im Marktgewühl unten verschwunden sein wird. Doch bevor es dazu kommt, geschieht etwas, das Wägele für den enttäuschend verlaufenen Vormittag ein wenig entschädigt . . .

Die alte Frau Zwirnhuber weiß nur zu genau, worauf das völlige Schwinden ihrer Ischiasschmerzen, das sie voller Staunen an diesem Morgen bemerkt, zurückzuführen ist: auf den ihr erschienenen Engel natürlich. In biblischen Zeiten sind derlei Wunder prompter geschehen. Von einem Augenblick zum andern hatten Lahme gehen, Blinde sehen können, sogar Tote hatte man wieder zum Leben erweckt, aber da waren auch hö-

here himmlische Instanzen am wundertätigen Wirken gewesen, die Jungfrau Maria höchstselbst, zum Beispiel. Ihr, der Frau Zwirnhuber, war nur ein Engel erschienen, und da hatte es eben ein bißchen länger gedauert.
Aber was tat's? Es war dennoch als Wunder anzusehen, und was sie gestern noch nicht gewagt hatte, um die erste Besserung nicht gleich auf eine zu harte Probe zu stellen, wollte sie heute tun: sich für ein Viertelstündchen frommer Einkehr in die St. Damianskirche zu begeben und dem Heiligen zur Weitergabe ihren Dank abzustatten, bevor sie sich auf den Wochenmarkt begab, um zum erstenmal seit wer weiß wie langem selbst ein wenig einzukaufen.
Und so sitzt sie dann voller Andacht in der Kirche, sieht zu den Bildern und steinernen Statuen auf, die in dem durch bunte Fenster einströmenden Licht in geheimnisvoller Weise zu leben scheinen, lauscht in der tiefen, kühlen Stille ihren lautlosen Stimmen, bewegt die welken Lippen in stummem Gebet und tritt sodann gestärkt und dankbar auf den Marktplatz hinaus. So unbeschwert zudem, daß sie sogar ihren Stock vergißt und noch einmal zurückkehren muß, um ihn zu holen.
So ungewohnt ist ihr das Getümmel und Geschrei nach der Einsamkeit ihres Zimmers, daß es ihr den Atem verschlägt und ein bißchen die Sinne verwirrt, und in diesem Moment sieht sie unversehens den Engel vor sich, ihren Engel, dem sie

dieses neue Leben ohne Schmerzen verdankt, nur diesmal ohne Flügel, in einem blauleinenen kleinen Sommerkostüm. Und so überwältigend rührt sie diese Begegnung an, daß sie nicht anders kann, daß sie sich ihm so schnell es nur geht nähern, zwischen Buden und staunenden Marktleuten vor ihm auf die Knie sinken und andächtig um seinen Segen bitten muß . . .

Das ist es, was Wägele gesehen und ihn veranlaßt hat, schleunigst die Kamera zu zücken, um dieses merkwürdige Geschehnis, noch bevor er weiß, um was es da eigentlich geht, für die Bildseite der Sonntagsausgabe des »Boten« festzuhalten. Noch kann er nicht ahnen, daß er damit seinen Namen in die Weltpresse katapultieren wird.

Fünftes Kapitel

Die dräuenden Unheilswolken, die dem Verwaltungsinspektor Florian Seidel trotz des seit Tagen anhaltenden schönen Wetters am Horizont zu lauern schienen, haben sich beträchtlich, wenn auch noch nicht ganz gelichtet. Es hat vor allem damit zu tun, daß das Verschwinden des Italieners aus der Revierzelle beruhigend im Ungewissen bleibt und kein Fingerzeig auf Angela weist. In internen Rathauskreisen hat man zwar weidlich daran herumgerätselt, aber da jede Erklärung fehlt und im Dunkeln tappen auf die Dauer langweilig ist, hat sich der Bürotratsch inzwischen anderen Dingen zugewandt. Ohnehin ist es Sache der Polizei. Sollen die doch ihren Grips anstrengen!

Florian hat so unauffällig wie möglich zu allem geschwiegen und auch zu Hause nur wortkarg darüber berichtet. Die Sache gefällt ihm noch immer nicht. Er braucht nun einmal festen Boden unter den Füßen, und die Tatsache, daß er nach wie vor wie über eine Eisdecke geht, die zwar ein bißchen dicker geworden scheint, deren weitere Tragfähigkeit sich aber nicht abschätzen läßt, lastet beschwerlich auf seinem Gemüt.

Angela tut ihr möglichstes, ihn aufzuheitern. Nicht nur, indem sie ihm verschweigt, was ihn verunsichern könnte, sie beschränkt auch ihre Samaritertätigkeit einstweilen auf seine Dienstzeit und ist fast immer zur Stelle, wenn er abends nach Hause kommt, um ihn mit aufmunterndem Lächeln und einem stärkenden Imbiß zu empfangen. Würstchen und Eier sind fürs erste abgemeldet.

Auch am nächsten Sonntagvormittag läßt sie ihn nicht allein, und für den Nachmittag schlägt sie ihm den gewohnten Spaziergang zum Kurkonzert vor. Das Wetter ist zu schön, um zu Hause zu bleiben, und ein Vorfall wie kürzlich auf dem Markt, rührend und leicht peinlich zugleich, ist dort nicht zu erwarten.

Das Kurkonzert findet im Musikpavillon im Ratswäldchen statt, in dem die Sebaldusquelle sprudelt, seitdem, wie die Stadtlegende berichtet, der rund hundert Jahre zuvor amtierende Bürgermeister Sebaldus Grün dort während eines Spaziergangs ein menschliches Rühren verspürte und mit der respektlosen Abwandlung eines bei anderer Gelegenheit gesprochenen historischen Worts,

»Hier pinkle ich, ich kann nicht anders!«, seinen Wanderstab in die Erde stieß, worauf dieser ein Wässerchen entsprang und er das seine verdutzt verhielt.

Als später festgestellt worden war, daß der so wundersam dem Boden entlockte Quell nieren- und blasenstärkende Mineralien barg, hatten die Stadtväter um ihn herum ein mit Säulen geschmücktes Tempelchen bauen lassen, von dem Zumpelshausens Ruf als Kurort seinen Ausgang nahm.

Mehr als ein halbes Jahrhundert hindurch war dieser Ruf zur Betrübnis des jeweiligen Stadtkämmerers und des örtlichen Gastwirtsgewerbes nur bis in die nähere Umgebung gedrungen, bis man in der Erkenntnis, daß sich Gesundung mit einer Zutat Kunstgenuß besser verkaufen lasse, dem Quellentempelchen einen Musikpavillon hinzugefügt hatte, in dem drei für die Saison eigens engagierte Musiker, von Mitgliedern des städtischen Musikvereins tatkräftig unterstützt, zweimal täglich Operettenklänge erzeugten. Seither lustwandelt nicht nur die nähere Umgebung auf den säuberlich mit Kies bestreuten, von Oleanderbäumchen in Kübeln gesäumten Promenadenwegen oder erholt sich von der Gesundung bei Kaffee und Apfelkuchen mit Sahne im neben dem Pavillon eingerichteten Waldcafé, sondern es zeigen sich auch Gäste, die nach Habitus und Sprache zweifellos aus etwas entfernteren Gegenden kommen, und die Gasthöfe sind zumindest während der Sommermonate leidlich befriedigend belegt.

Daß sich auch, besonders zur sonntäglichen Nachmittagsstunde, die gute Zumpelshausener Gesellschaft dort in plaudernden, hinüber und herüber grüßenden Grüppchen ein Stelldichein gibt, ist naheliegend, und wer nicht zur guten, sondern nur zur besseren zählt, spaziert wenigstens drumherum und tut so, als ob man dazugehört.

Angela und Florian Seidel tun nicht so, während sie sonntäglich angetan zwischen den Oleanderbäumchen dahinpromenieren. Sie sind mehr mit sich selbst beschäftigt. Florian vor allem. Wer an seiner Frau so überraschende Seiten hat entdekken müssen wie er, über die er mit anderen nicht reden kann, sowieso nicht und in diesem speziellen Fall schon überhaupt nicht, ist notgedrungen auf die Unterhaltung mit Bruder Innerlich angewiesen. Augen zumachen allein, das hat er inzwischen festgestellt, nützt nämlich nichts. Auch mit festgeschlossenen Augen sieht er sie noch oben am Himmel schweben, mit ausgebreiteten Flügeln wie damals, von einem seltsamen altgoldenen Glanz umgeben, wie er ihn von Heiligenbildern kennt, und die Frage bedrängt ihn immer wieder: Wer ist sie? Wer ist Angela? Ein Engel, wie schon ihr Name besagt, oder das so reizvolle, allem Anschein nach irdische Wesen, die junge

Frau, mit der er verheiratet ist, die nachts traulich im Bett neben ihm liegt und einerseits in ihm durchaus ihm zustehende, legitime Gelüste weckt, denen nachzugeben er sich andererseits durch fromme Scheu gehindert sieht. Es ist überaus peinlich und unangenehm, aber solange er nichts Genaueres weiß, wird sich nichts daran ändern. Und um Genaueres zu wissen, müßte er tun, was ihm äußerst widerstrebt: die Augen öffnen.

Sowieso muß er sie öffnen, denn ihm wird, obwohl in sein Grübeln vertieft, irgendwie unbehaglich bewußt, daß sie Aufsehen erregen. Grüppchen unterbrechen längs ihres Weges ihr Geplauder, man flüstert, steckt die Köpfe zusammen, dreht sich so unauffällig wie möglich nach ihnen um, sieht ihnen nach . . . Was ist los? Sitzt seine Krawatte schief, hat er ein Loch in der Hose? Er tastet nervös an sich herum und fragt Angela:

»Merkst du nichts? Was haben die Leute? Reden die nicht über uns?«

»I wo«, meint Angela unbekümmert. »Warum sollten sie auch? Die reden doch immer. Jeder über den andern.« Und dann hängt sie sich fester bei ihm ein, zieht ihn sanft, aber bestimmt in eine andere Richtung. »Komm, setzen wir uns ein Weilchen ins Café. Ich hab' Appetit auf ein bißchen was Süßes.«

Café ist gut, findet auch Florian. Dort setzt man

sich, und wer sitzt, fällt weniger auf als wer steht oder geht. Außerdem gibt's auch auf der Terrasse heckengeschützte Winkel, in denen man noch unauffälliger sitzt.

Aber selbst da glaubt er, miteinander flüsternde Kaffeetrinker zu sehen, gewahrt er neugierig auf ihren Tisch zielende Blicke, und um ihnen zu entgehen, greift er nach einer auf dem Stuhl neben ihm liegengebliebenen Zeitung, der Sonntagsnummer des »Boten«, starrt blicklos hinein, bloß so, um sich abzuschirmen, und plötzlich weiten sich seine Augen: Angela erkennt er ganz deutlich auf einer Fotografie, hinter ihr eine Marktbude, vor ihr eine kniende Gestalt, eine Frau, darüber in dicken schwarzen Lettern: »Leibhaftiger Engel unter uns!« Und drunter steht etwas von »Gattin eines unserer Mitbürger« und was Wägele sonst noch aus der alten Frau Zwirnhuber herausgequetscht und in sensationsklirrendes Zeitungsdeutsch umgesetzt hat.

Florian verschlägt es die Sprache, ihm schwindelt, die Zeilen verschwimmen vor seinem Blick: Das also ist es! Deshalb flüstern die Leute, deshalb drehen sie sich nach ihnen um! Was er für ein Geheimnis hielt, sein wohlgehütetes Geheimnis, wissen jetzt alle. Die hier und die morgen im Amt, alle! Mit dem Augenzukneifen ist es endgültig aus.

»O Gott!« flüstert er.

Angela hat mitgelesen. Sie nimmt ihm die Zeitung

leicht aus der Hand, faltet sie zusammen, legt sie achtlos beiseite.

»Mach dir nichts draus«, raunt sie zurück. »Es ist halb so schlimm. In ein paar Tagen redet kein Mensch mehr davon. Ein Mann wie du läßt sich doch nicht durch sowas ins Bockshorn jagen!«

Ein Mann wie du ... Es klingt ihm gut ins Ohr, trifft ihn genau dort, wo es ihn treffen soll, ruft ihn zur Ordnung. Ein Mann wie er wahrt vor allem Haltung, auch und gerade in mißlicher Lage. Jagen, wohin auch immer, läßt er sich nicht.

Er spürt förmlich, wie ihn Energie durchpulst, und beim Erscheinen des Obers mit zweimal Kaffee und dem Nußtörtchen für Angela gelingt es ihm schon, beinah lässig einen Kognak dazu zu bestellen. Um die Haltung zu fördern. Nötig wär's nicht, aber es kann auch nicht schaden. Und als der Mann wieder abgeschwirrt ist, greift er unter dem Tischtuch heimlich nach Angelas kleiner, fester Hand, drückt sie zärtlich, spürt beglückt, wie sie ihre Finger zwischen die seinen flicht, murmelt im Überschwang seines Gefühls:

»Du bist ein Engel!«

»Na, eben«, sagt sie und gluckst wahrhaftig vor unterdrücktem Vergnügen. »Hoffentlich hast du's nicht eben erst in der Zeitung gelesen.«

Überhaupt wird es noch ein recht vergnüglicher Nachmittag und Abend. Es macht ihm nichts mehr, beflüstert und hinterrücks begafft zu werden. Wie ein Pfau stolziert er neben ihr her, als sie schließlich den Musikpavillon samt Donauwellenwalzer hinter sich lassen, und wieder in die Zweisamkeit ihrer vier Wände zurückgekehrt, fällt es Angela nicht mehr allzu schwer, ihn hinlänglich von ihrer irdischen Natur zu überzeugen und auch den letzten Rest frommer Scheu zu vertreiben. Wie gesagt, es wird ein überaus erfreulicher Abend, und wenn Florian überhaupt noch an das Foto und Wägeles Engelslyrik denkt, dann in der sänftigenden Gewißheit, daß, wie Angela prophezeite, in zwei Tagen sowieso niemand mehr davon spricht.

Doch dann kommt's wieder mal ganz anders. Prophezeiungen haben es so an sich, daß sie meistens nicht in Erfüllung gehen, weil der Humus, dem sie entsprießen, mehr aus Hoffnung als aus Realitätssinn besteht. Ganz abgesehen davon, daß kleine Städte länger von aufsehenerregenden Geschehnissen zehren müssen als große, in denen bekanntlich alle Nase lang derlei passiert, hat Angela nicht an Antonio Guzzi, den italienischen Gastarbeiter, gedacht.

Der hockt sich am Montagvormittag zur Brotzeit in der Werkstatt auf eine Kiste, packt seine von der Witwe Knopf sorglich in Zeitungspapier gewickelten Schmalzstullen aus, und da sieht er wie der ihm total unbekannte Herr Seidel tags zuvor, nur nicht eisig, sondern freudig erschreckend, leicht durchgefettet, aber noch klar zu erkennen, ein Gesicht, das ihn seit jener Nacht verfolgt, die noch immer in wirres Dunkel gehüllt ist, das Antlitz des Engels von Castellano, nein, seines Engels, der ihn damals aus dem Dunkel gerettet, irgendwie nach Hause gebracht und zuguterletzt noch seine Schuhe säuberlich nebeneinander unters Bett gestellt hat.

Zur Vorsicht läuft er noch mit dem Blatt ans Fenster zum Licht, starrt auf das Bild – nein, kein Zweifel ist möglich! Er ist es! Er, Antonio, hat nicht geträumt! Ein richtiger Engel ist ihm in seiner Bedrängnis beigesprungen! Was wird Don Aloisio, der Dorfpfarrer daheim, für Augen machen, wenn er ihm von diesem ihm widerfahrenen Wunder berichtet!

Er kann das Unerhörte einfach nicht bei sich behalten, er muß es auch den andern in der Werkstatt erzählen, und die staunen, grienen und schütteln die Köpfe, begaffen das Foto, schütteln, grienen und staunen wieder: Was so ein Itaker sich im Suff doch alles einbilden kann! Ein Engel! Darunter tut er's nicht! Gelächter dröhnt. Träte der Meister nicht rechtzeitig dazwischen, gäbe es eine stattliche Prügelei.

Doch Antonio ist nun gerade entschlossen, seinen Engel zu suchen, um diesen Stupidi, diesen Dummköpfen zu beweisen, daß einer der himmlischen Heerscharen ihn persönlich seines Beistands gewürdigt hat. Er läßt sich seinen Engel nicht nehmen. Und wenn ihm sonst niemand sa-

gen kann, wem das Engelsgesicht auf dem Foto gehört – bei der Zeitung müssen sie es ja wissen.
Und so fragt er sich nach Feierabend zur Redaktion des »Boten« durch, landet schließlich vor Wägeles Schreibtisch und hält ihm das schmalzgeschädigte Zeitungsblatt unter die Nase.
Ja, bekennt Wägele, er habe das Foto geschossen. Was ihn denn daran interessiere?
Der Mann läßt einen Schwall Italienisch los, der Wägele nicht weiterhilft. Er versteht kein Wort. Schließlich gelingt es ihm, eins, ein deutsches, zu unterscheiden, weil es besonders häufig vorkommt. Es lautet: Enggel.
Engel? Was ist mit dem? Wägele ist im Moment an Engeln nicht interessiert. Der, von dem da offensichtlich im Schnellfeuertempo die Rede ist, ist für ihn mit der Sonntagsnummer gestorben. Er sucht für die nächste nach neuen Sensationen, und der Polizeibericht der letzten Nacht hat ihm nur kleine Fische zu bieten, mit denen selbst der findigste Reporter nichts anfangen kann.
Außerdem hat er sich mit dem Engel eine Kleinigkeit Ärger eingehandelt. Der Chefredakteur hat ihm kühl mitgeteilt, Hochwürden Hitzig von der St. Damianskirche habe ihn telefonisch ermahnt, beim Umgang mit religiösen Dingen künftig weniger Leichtfertigkeit walten zu lassen. Eine gewiß rechtschaffene, aber für solcherlei Erkenntnisse nicht vorgebildete alte Dame sei nicht geeignet, himmlische Erscheinungen zu bezeugen. Das

stehe allein dem Pfarrer und den ihm übergeordneten kirchlichen Instanzen zu ... Himmlische Erscheinungen sind damit also aus dem »Boten« verbannt.
Wägele will schon den immer noch sprudelnden Redefluß des merkwürdigen Besuchers, der sich inzwischen auf seinen vor lauter aufgeregtem Mitteilungsdrang vergessenen deutschen Wortschatz besonnen hat, kurzweg unterbrechen, als er etwas vernimmt, das ihn die abstehenden Ohren spitzen und eine unbestimmte Ahnung in ihm aufdämmern läßt. Der Engel auf dem Foto, behauptet nämlich der Mann, habe ihn eines Nachts nach Hause gebracht. Von wo, könne er nicht sagen, nur, daß es irgendwas mit der Polizei zu tun gehabt habe. Er sei zu betrunken gewesen, um sich genauer zu erinnern. Er trinke sonst nicht – Antonios Hände wedeln stürmisch Protest –, aber an diesem Abend habe er in einer Taverna, einer Kneipe, eine Menge Geld im Spiel verloren, und nur deshalb ...
»Wann war das?« wirft Wägele ein, um seiner Ahnung festeren Boden einzuziehen.
Antonio schweigt verdutzt. Er hat nur das Lob des Engels singen und sich danach erkundigen wollen, wo er ihn finden kann, um ihm danken zu können, und nun fragt man ihn nach so nebensächlichen Dingen.
»Weiß niischt«, entgegnet er verdrossen. Aber Wägele läßt nicht locker. Nun hat ihn jagdliche

Lust gepackt, und er zupft aufgeregt an dem dürftigen rötlichen Bartgewächs ums schwach entwickelte Kinn, von dem er sich in Bälde den Anschein männlicher Reife verspricht. Vorderhand ist es noch nicht soweit, er hat noch eine ganze Weile zu zupfen.

»Kann's Donnerstag der letzten Woche gewesen sein?«

»Kann sein, kann sein auch niischt.«

Antonio zuckt die Schultern. Woher soll er das wohl noch wissen? Doch dann fängt er an, die vergangenen Tage an den Fingern abzuzählen, bewegt murmelnd dazu die Lippen. Warum soll er dem netten Zeitungsmenschen hinter dem Schreibtisch nicht einen Gefallen tun, auch wenn er nicht weiß, wozu?

»Si, si!« ruft er endlich, selbst überrascht. »Mercoledi! War ganz siischer Donnerstag!«

Und nun will er, Gefallen gegen Gefallen, erst einmal nach dem Engel fragen und wo er in seinem irdischen Dasein wohnt, aber Wägele bremst ihn ab.

Mit einem schon abwesenden »Moment!«, mit gerunzelter Stirn, zupfenden Fingern und geschlossenen Augen versinkt er in emsige Denktätigkeit. Donnerstagnacht ist ein betrunkener Mann auf rätselhafte Weise aus Polizeihaft verschwunden. Sein Besucher hat zugegeben, in eben dieser Nacht stockbetrunken irgendwie mit der Polizei ins Gemenge geraten zu sein.

War es nur ein zufälliges Zusammentreffen, oder hatte er etwa den Verschwundenen vor sich? War ihm das unverschämte Glück zuteil geworden, das Ende eines Fadens in die Hand zu bekommen, an dem er nur vorsichtig zu ziehen brauchte, um eine Sensation zu Tage zu fördern, gegen die sich die kümmerlichen Ereignisse des Polizeiberichts der vergangenen Nacht wie Kleinkindermärchen ausnahmen?

Gegen das zufällige Zusammentreffen sprach die statistisch erwiesene Tatsache, daß Trunkenheitsfälle so gut wie ausschließlich zwischen Freitagabend, dem Abend des Lohntags, und Sonntagabend stattfanden. Von Montag bis Donnerstag hatten Betrunkene Seltenheitswert. Wenn der Mann vor ihm also der Verschwundene war, mußte ihn der Wachhabende des Reviers während der fraglichen Nacht erkennen und identifizieren können. Bei ihm hatten seine Nachforschungen zu beginnen. Zuvörderst jedoch waren noch einige Fragen zu klären, um das Dunkel um diese höchst merkwürdige Geschichte durch ein paar nachprüfbare Fakten vielleicht ein bißchen aufzuhellen.

Aber Antonio bleibt beharrlich bei seinem Dunkel. Nur etwas fällt ihm noch ein. Santo cielo, etwas ganz Wichtiges, das er fast vergessen hätte! Als der Engel ihm aus diesem Dunkel erschien, habe er ihn, Antonio, bei der Hand genommen und vernehmlich gesagt – er habe den Klang der

Stimme jetzt noch im Ohr: »Komm mit. Dies ist kein Ort für ehrliche Leute!«

Das läßt eindeutig auf Polizeirevier schließen. Wägele kann seine triumphnahe Spannung kaum mehr unterdrücken. Er beugt sich über den Tisch.

»Und was war dann? Wie sind Sie herausgekommen?«

Doch das war nun wirklich alles, was Antonio zu bieten hat. Er zuckt wiederum mit den Schultern, starrt, nach einem letzten Fünkchen Erinnerung fahndend, ins Leere, schüttelt den Kopf, faselt Nebuloses von einer Wolke, widerspricht sich schon im nächsten Moment, es sei ihm vielleicht nur so vorgekommen, und bekennt, erst in seiner Kammer wieder erwacht zu sein. Und dann glüht doch noch ein winziges Fünkchen auf. Richtig, das weiß er genau! Der Engel habe ihm die Schuhe ausgezogen und sie ordentlich unters Bett gestellt.

Wägele ist enttäuscht. Mit Schuhen und Wolken kann er nichts anfangen. Mit dem Engel auch nicht. Handfestes braucht er, eine eindeutige, beweisbare Erklärung, wie es ihm gelungen ist, sich trotz Besäufnis und verschlossener Zellentür aus dem Staub zu machen. Mit wessen Hilfe? Den Engel hat sich der Mann in seiner Naivität natürlich geträumt. Man weiß ja, wie das im Suff so ist. Man sieht Dinge, die es nicht gibt. Zuweilen gleich doppelt. Warum nicht auch Engel? Vielleicht hat das, was der Mann da in seinem Zustand sah, überhaupt erst nachträglich durch seinen Engel-Artikel im »Boten« Gesicht und himmlische Gestalt angenommen. Eine Art frommer Verdrängung. Klar, das war's: ein Fall für den Psychoanalytiker, nicht für einen Journalisten. *Sein* Fall hat nur mit diesem Mann und mit polizeilicher Schlamperei zu tun, die der Öffentlichkeit verschwiegen werden soll. Aber er wird die fehlenden Beweise schon finden, und dann wird ihnen ihr Achselzucken vergehen. Er sieht die Schlagzeile im Geist schon vor sich: »Unglaubliche Schlamperei bei der Polizei!« Und drunter: »Den unermüdlichen Nachforschungen unseres Reporters ist es gelungen, Licht in eine düstere Angelegenheit zu bringen, die für die hiesige Polizei äußerst peinlich . . .«

Ein Faustschlag auf den Tisch schmettert mitten in seine schillernde Zukunftsvision und bringt sie zu jähem Schwinden. Dem Mann, der Wägeles emsiger Denktätigkeit bisher geduldig beigewohnt hat, ist endlich der Kragen geplatzt.

»Per bacco!« brüllt er und funkelt sein Gegenüber wütend an. »Wann Sie mir endlich sagen, wo iisch Enggel kann finden?!«

Wägele überlegt. Warum eigentlich nicht? Soll die hübsche Frau Seidel doch zusehen, wie sie mit diesem seltsamen Anbeter fertig wird! Er gibt ihm also ihre Adresse, doch als Antonio sich eilig davonmachen will, greift er rasch nach der Fotoka-

mera auf dem Tisch und hält ihn durch einen Ruf zurück.
»Nur ein kleines Foto zur Erinnerung fürs Familienalbum. Der Mann mit dem Engel! Sowas ist selten. Sie haben doch bestimmt nichts dagegen.«
Schon visiert er, dann blitzt es, und Antonio ist wie er leibt und lebt auf den Film gebannt, halb verdutzt, halb geschmeichelt, wenn auch nicht gerade fürs Familienalbum, so doch als Identifizierungshilfe geeignet, wenn Wägele sich den Wachhabenden vorknöpfen wird.

Anfangs kann's Antonio kaum erwarten, sein Ziel zu erreichen. Den Altmarkt kennt er, in der St. Damianskirche ist er schon ein paarmal sonntags gewesen, das Haus des Engels muß das Eckhaus der Marktgasse sein.
Er läuft die Hauptstraße entlang. Die Läden haben vor kurzem geschlossen, Leute kommen vom letzten Einkauf oder aus ihren Büros, und in der allgemeinen Feierabend-Gemächlichkeit fällt ein Mann, der es unziemlich eilig hat, auf. Aber da er seinem Äußeren nach ein Ausländer ist, wundert man sich nicht groß darüber und zuckt allenfalls die Achseln.
Ausländer sind in Zumpelshausen Mangelware. Die Segnungen des Sebaldusbrunnens sind noch nicht werbend über die Landesgrenzen gedrungen, die beiden Brauereien in der Stadt kommen

mit einheimischen Kräften aus – es wäre ja noch schöner, wenn Türken oder sonstiges exotisches Volk in ihrem Bier herumpanschten –, und die wenigen Gastarbeiter, die in mittleren Handwerksbetrieben beschäftigt sind, bleiben unter sich und mucksen sich kaum. Nur eins weiß man: daß sie eben fremd sind und eigentlich nicht hierher gehören. Und daß man sich am besten nicht um sie kümmert, selbst wenn sie durch einen friedlichen Abend stürzen, als ob es irgendwo brennt.

Antonio stürzt also mit heftig klopfendem, aber frohlockendem Herzen. Bald wird er vor seinem Engel stehen und wird ... ja, was wird er? Man schüttelt Engeln nicht wie gewöhnlichen Leuten die Hand, um ihnen für erwiesene Wohltat zu danken. Was also dann? Sinkt man auf die Knie zwischen Tür und Angel wie in der Kirche? Auch das will ihm nicht ganz passend erscheinen ... Er zergrübelt sich das Hirn und läuft ein wenig langsamer, um Zeit zu gewinnen.

Als er kurz vor dem Altmarkt die Hauptstraße überquert, sieht er in der spiegelnden Schaufensterscheibe des Kramladens gegenüber eine komische Gestalt mit flatternden, weiten Hosen und unansehnlicher Joppe. Ist das etwa er? Er ist es, wer sonst?

Zögernd verhält er den Schritt und starrt auf sein Ebenbild in der Scheibe. Dabei fährt er unwillkürlich mit der Hand über Kinn und Wangen. Die

Stoppeln kratzen. Natürlich, er steckt in seinem alten Arbeitszeug. Er ist ja direkt von der Arbeit zur Zeitung gelaufen, und heute morgen hat er verschlafen und sich in der Eile nicht mehr rasiert. In der Scheibe sieht man's nicht, aber er kann sich vorstellen, wie ihn zwei Tage alte schwärzliche Stoppeln zieren. Kann er so vor seinen Engel treten? Gewiß, Engel, so heißt es, sehen einem direkt ins Herz und nicht auf Anzug oder Stoppeln, aber schon seine Mutter hat ihm vorm Kirchgang in Castellano immer Gesicht und Hände sauber geschrubbt, was Besseres angezogen und gesagt: »Die Madonna freut sich, wenn sie kein Dreckfink, sondern ein frisch gewaschener Bambino besucht.«

Nur langsam trottet er weiter um die Ecke des Altmarkts, von Zweifeln geplagt. Kann er so, wie er ist, zum Engel gehen? Kann er nicht? Noch einmal fährt er mit der Hand über die Stoppeln und sieht prüfend an sich hinunter. Auch die Schuhe sehen nicht gerade erfreulich aus. Schließlich hat er sie nicht geputzt, seitdem der Engel sie berührt hat.

Nein, er kann nicht! Morgen ... ja, morgen wird er ihn frisch gewaschen und rasiert nach Feierabend besuchen, und heute noch wird er sich von der Signora Knopf ein Bügeleisen ausleihen und seinen Sonntagsanzug bügeln. Die Mamma hat recht. Als Dreckfink darf man sich himmlischen Wesen nicht nahen!

Einen Moment steht er noch vor dem Haus, in dem der Engel wohnt, und ihm ist, als umschwebe ihn ein Glanz, der nichts zu tun hat mit den letzten rötlich-goldenen Strahlen der Abendsonne, ein besonderer Glanz, von dem ein Schimmer in seinen schwarzen Augen bleibt, als er sich zögernd abwendet, um heimwärts zu gehen und sich auf den großen Tag vorzubereiten.

Sechstes Kapitel

Ein großer Tag? Es wird alles andere als ein großer Tag – für Antonio wie für Florian oder den Polizeirat Kneisel. Allenfalls für Wägele, nur merkt der's nicht gleich.

Antonio kommt um seinen großen Tag, weil er morgens gleich seine sorgsam mit Schuhwichse und Spucke gewienerten guten Ausgehschuhe anzieht, um sie nicht zusätzlich zum Sonntagsanzug mit in die Werkstatt schleppen zu müssen. Hinterher weiß er's natürlich genau, daß ihm deshalb das Malheur passiert ist. Hätte er wie sonst immer die durch Engelshand geweihten alten Arbeitsschuhe getragen, wäre ihm bestimmt nicht der schwere Balken aus der Hand gerutscht und auf den Fuß gefallen, oder wenn er gerutscht und gefallen wäre, dann nicht auf den Fuß, sondern sonstwohin, wo er keinen Schaden hätte anrichten können. So aber war der Balken auf seinen

Fuß gefallen, er hatte mit dem Fuß nicht mehr auftreten können, und im Krankenhaus, wohin sie ihn schafften, hatte der Dottore gesagt, gebrochen sei er nicht, nur schwer verstaucht, und er müsse ihn eine Weile ruhig halten. Am besten wär's, er bliebe ein paar Tage zu Hause im Bett.

Und so liegt Antonio an dem Tag, der sein großer Tag hätte werden sollen, auf der kargen Bettstatt in seiner Kammer und grübelt bekümmert darüber nach, warum man immer erst hinterher weiß, was man vorher hätte tun sollen, damit nichts passiert. Daß der Fuß ihm weh tut, nimmt er als wohlverdiente Buße hin; was ihn weit mehr schmerzt, ist der Umstand, daß er dem Engel seinen Dank weiterhin schuldig bleiben muß. Aber der Engel wird schon verstehen, wenn es damit noch ein Weilchen dauert, auch deswegen ist er eben ein Engel, und dieser Gedanke tröstet ihn.

Auch die Witwe Knopf trägt einiges dazu bei, ihn über die Zeit erzwungener Untätigkeit hinwegzutrösten. Sie mag dürr und ausgetrocknet wie ein alter Zaunpfahl sein, deswegen schlägt unter der Kittelschürze in ihrem dürftigen Busen dennoch ein Herz, das zu ungewöhnlichen Regungen fähig ist. Falls sie einen Sohn gehabt hätte, den der allzu früh in ein geruhsameres Dasein eingegangene Eisenbahnschaffner Joseph Knopf ihr zu hinterlassen versäumte, wäre er jetzt ungefähr im Alter ihres Mieters gewesen. Das schafft Verbindung und weckt etwas Wärmendes in ihr, das sie aus

Mangel an Erfahrung nicht so recht benennen kann. Sie wundert sich nur, wie gut es ihr tut, wieder jemand umsorgen zu können. Manchmal gelingt's ihr sogar, das Ausländische an ihm zu übersehen, und zu Bier und Knödeln hat sie ihn auch schon bekehrt. Nur in einem Punkt ist ihm die ausländische Unkultur einfach nicht auszutreiben: Seine schmutzigen Arbeitsstiefel läßt er um keinen Preis von ihr putzen. Im Gegenteil, sie muß sie so stellen, daß er sie, verschmutzt wie sie sind, von seinem Lager aus immer sehen kann.

Seine Mitmenschen ein bißchen ärgern, erhöht die Lust am Leben und verleiht zudem ein leise das Ego streichelndes Gefühl der Überlegenheit. Überdies vertreibt es auch noch die Langeweile. Um wieviel schneller vergeht, zum Beispiel, so ein zäher Tag im Amt mit immer den gleichen Pflichten, wenn da jemand ist, der den andern einen Vorwand liefert, kleine Frozzeleien auf ihn abzuschießen, ihn hochzunehmen, seine Empfindlichkeiten zu kitzeln. Letzthin war es ein Kollege, der bei einer zu Bildungszwecken in die Hauptstadt unternommenen kleinen Wochenendtour statt im Museum mit einer Dame des horizontalen Gewerbes gesichtet wurde, diesmal ist Florian an der Reihe.
Der Artikel im »Boten« mit Foto und Frau Zwirnhubers Interview, den natürlich jeder gelesen hat, ist allerdings auch ein bestens geeigneter Anlaß

für solche Zwecke. Man kann ihn nicht ernstnehmen, und die Vorstellung, daß einer aus ihrer Mitte mit einem Himmelsboten verheiratet sein soll, muß einfach zu grotesken Spekulationen und mehr oder weniger offenen Anzapfungen verführen.

Florian ist darauf vorbereitet und wehrt sich nach seiner Art dagegen, indem er so tut, als ob er nichts hört. Er versenkt sich noch mehr in seine Akten als sonst, häuft ganze Stapel gleich einem Schutzwall auf seinem Schreibtisch auf, sieht kaum hoch, wenn man ihn anspricht, und läßt jede Anspielung an tauben Ohren versanden. »Sie werden schon aufhören«, hat Angela gestern abend tröstend gesagt. »Du wirst schon sehen, wie bald es ihnen langweilig wird.«

Vorderhand ist es noch nicht so weit, und verdrießen tut es ihn insgeheim doch, weil es ihn nervös macht und bei der Arbeit stört. Und in diesem Punkt hört für ihn die Gemütlichkeit auf, denn Arbeit ist Pflicht, und Pflicht ist ihm heilig.

Daß er dann gerade an diesem Abend Angela wieder mal nicht zu Hause findet, nur einen Zettel, auf dem steht, daß sie bei Wiezoreks dringend gebraucht wird, nur ein Viertelstündchen, höchstens ein halbes, es handle sich um eine Entbindung, und sie habe ihm belegte Brote in der Küche zurechtgestellt, ist auch nicht unbedingt dazu angetan, seine Stimmung zu heben.

Die belegten Brote schmecken ihm überdies nicht,

das Bier, das sie dazugestellt hat, ist zu warm und kommt ihm schal, wenn nicht gar säuerlich vor, zwei Stunden lang stiert er in den Fernseher, ohne recht wahrzunehmen, um was es da geht, da er es nicht lassen kann, den Ablauf der verschiedenen Viertel- und halben Stündchen auf seiner Uhr zu kontrollieren, und als sie nach einer weiteren Stunde atemlos und Entschuldigungen sprudelnd erscheint, hat sich soviel Verdruß in seinem ohnehin schon strapazierten Gemüt angehäuft, daß diesem Cimborasso des Mißvergnügens beim besten Willen nicht mehr beizukommen ist. Selbst die frohe Kunde, daß sich die Weltbevölkerung dank der Bemühungen der Wiezoreks gleich um gesunde Zwillinge vermehrt hat, läßt ihn kühl. Was haben sich wildfremde Zwillinge oder von ihm aus auch Dril- oder Vierlinge gerade dann in sein tägliches Dasein zu mischen, wenn er selbst dringend der ihnen ins Leben verhelfenden zarten Hand bedarf, die allein imstande ist, sanft den Ärger von seiner Stirn zu streicheln und sein seelisches Gleichgewicht wiederherzustellen!
Verstimmt begeben sich die beiden zu Bett. Irdisch wird es an diesem Abend nicht mehr.
Der zarten Hand wäre Florian am nächsten Tag, dem Dienstag, an dem Antonios Fuß mit dem Balken Bekanntschaft macht, noch bedürftiger, denn da geht es im Amt erst richtig los. Die Kollegen sind mit ihren bisherigen Erfolgen nicht zufrieden, sein hinhaltender Widerstand durch So-

tun-als-ob hat ihnen das Vergnügen an der Sache verdorben und das so angenehme Gefühl heiterer Überlegenheit nicht aufkommen lassen.

Florian hat es sich zwar wiederum fest vorgenommen, ruhig zu bleiben, aber wer kann das schon, wenn man ständig grienende Mienen sieht, die sich bei seinem Nahen um Ernst bemühen, Geflüster hinter seinem Rücken zu hören vermeint, jedes Kichern im weiteren Umkreis auf sich bezieht, albernem Gefrage ausweichen muß? Wer's kann, soll's ihm vormachen – er kann es nicht. Und als ihn dann ein besonders zudringlicher Scherzbold ohne Umschweife fragt, wie das Verheiratetsein mit einem Engel denn sei, und ob seine Frau etwa auch im Bett Flügel trage, fährt er krebsrot hoch, haut auf den Tisch und brüllt – jawohl, brüllt, und das in einem gemessenen Tönen vorbehaltenen Amtslokal, in dem allenfalls der Stadtdirektor oder gar der Bürgermeister selbst brüllen darf –, man solle ihn gefälligst in Ruhe lassen, er interessiere sich ja auch nicht für die nächtliche Ausstattung ihrer Frauen!

Danach zieht man sich beleidigt zurück, geht vorsichtig um ihn herum, spricht ihn nur im äußersten Notfall an. Mit Spielverderbern will man nichts zu tun haben, und wenn er keinen Spaß versteht, soll er eben im eigenen Saft schmoren. Er hat sich peinlich danebenbenommen, hat sich außerhalb der Gemeinschaft gestellt und muß dafür büßen.

Ein Stockwerk tiefer muß auch Kneisel sich ärgern. Der Reviervorsteher Hundlinger hat ihm seinen Untersuchungsbericht über das Verschwinden des bewußten Häftlings vorgelegt. Aus dem Bericht ergibt sich lediglich, daß nichts zu berichten ist. Ordnungswidriges schon gar nicht. Ein Entweichen war nach Lage der Dinge unmöglich, Spuren gewaltsamen Verlassens der Zelle sind infolgedessen nicht festzustellen, und die Persönlichkeit wie die Aussagen des Wachhabenden in jener Nacht geben jede Gewähr, daß weder schuldhaftes Verhalten noch mangelhafte Dienstauffassung vorliegt.
»Dann ist der Mann also noch drin!« folgert Kneisel ironisch.
Hundlinger hütet sich, seine apoplektisch geröteten Gesichtszüge auch nur zum leisesten Grinsen hin entgleisen zu lassen. Wenn sein Vorgesetzter ironisch wird, ist es besonders gefährlich.
»Müßte, ist aber nicht«, erklärt er betreten.
»Ein Wunder also!« Die Ironie wird zu blankem Hohn. »In unserm Städtchen gibt's neuerdings nicht nur Engel, es passieren auch Wunder. Vielleicht hat ihn sogar der Engel rausgeholt! Nur . . .«
Das »nur« zieht sich wie Kaugummi in die Länge, dann beugt er sich jäh vor und schießt den Rest messerscharf ab:
». . . wird es uns leider niemand glauben!«
Die beiden Männer starren einander an, Kneisel

mit wieder steinern-drohender Miene, Hundlinger blinzelnd. Er möchte nicht blinzeln, aber wenn er nervös ist, blinzelt er immer.

»Und«, unterbricht Kneisel das lastende Schweigen, »über die Person des Mannes haben Sie natürlich auch nichts erfahren!«

Hundlinger spürt leichten Aufwind. Es ist nicht viel, was er zu melden hat, aber immerhin ein bißchen.

»Nur, daß er Ausländer gewesen sein muß«, sagt er. »Nach seinen Personalien befragt, hat er nur lallen können. Der Wachhabende meint, er hätte Türkisch gelallt. Der Mann, der ihn von der Seidelschen Wohnung abgeholt hat, will was Italienisches rausgehört haben.«

»Hat er eine Ahnung von Italienisch?«

Hundlinger schüttelt den kugligen Schädel.

»Kann der Wachhabende Türkisch?«

Der Reviervorsteher erlaubt sich jetzt doch ein Grienen.

»Der? Türkischen Honig kennt der, mehr nicht.«

»Das hab' ich mir fast gedacht.«

Kneisel nickt grimmig, streicht sich den stachligen Schnauzbart und überlegt. Ein Einheimischer ist es also vermutlich nicht. Immerhin zeigt sich da vielleicht ein Weg, aus dieser mehr als peinlichen Geschichte herauszukommen.

»Lassen Sie sich bei der Fremdenpolizei die Namen der hier ansässigen Ausländer, besonders

der Türken und Italiener, geben und laden Sie sie vor. Der Wachhabende von damals ... wer war es gleich?«
»Der Gerstl«, wirft Hundlinger beflissen ein.
»... der Gerstl also wird den Mann ja wenigstens erkennen können.«
In einem seltenen Anfall von Voraussicht hat Hundlinger sich schon selber in dieser Richtung vorgetastet und wenn auch nicht nach Namen, so doch nach Zahlen gefragt und gibt zu bedenken, daß es zwar nur einen Türken und zwei ganze Griechen, dafür aber sechsundfünfzig Italiener hierorts gäbe. Ob er wirklich alle ...?
»Alle!« bekräftigt Kneisel mit Nachdruck. »Ohne Ausnahme! Ich möchte doch den Wundermann kennenlernen, der sich in total betrunkenem Zustand durch verschlossene Türen an den wachsamen Augen meiner Herren Polizisten vorbei aus dem Revier hat stehlen können, ohne Spuren zu hinterlassen.«
Unter den buschigen Brauen glimmert es wieder bedrohlich ironisch, und Hundlinger zieht es deshalb vor, ohne weiteren Einwand mit militärisch strammer Kehrtwendung zu verschwinden.

Wägele hat solch beschwerlichen Umweg nicht nötig. Er hat ein Foto in der Tasche und braucht nur die Bestätigung, daß es der Richtige ist. Sie einzuholen, macht er sich am frühen Vormittag auf die Jagd nach dem Wachtmeister Wendelin Gerstl.

Gerstl hat seinen dienstfreien Tag, den er wie stets in seinem Gärtchen vorm Burgtor verbringt. Teils weil er dort unter Ausschaltung künstlichen Düngers biologisch einwandfreies Obst und Gemüse zieht und sich vom ordnungsgemäßen Sprießen überzeugen muß, teils weil ihm die friedliche Abgeschiedenheit der dazugehörigen Laube durch zwei oder drei nach Bedarf eingelegte Nickerchen auf ihrem wackligen Sofa erlaubt, ein wenig Schlaf nach dem Nachtdienst oder seiner privaten nächtlichen Schlaflosigkeit daheim nachzuholen.

Gerstl ist nämlich sozusagen Gelegenheitsschläfer. Wenn er soll, kann er nicht, und nur zwischendurch, wenn er eigentlich nicht soll und weder Ort noch Zeit dafür geeignet ist, überfällt ihn zuweilen unüberwindliche Schläfrigkeit, die ihn für eine Viertel- oder halbe Stunde außer Gefecht setzt. Im Kino besonders, aber da kommt er nicht recht dazu. Seine Frau hält auf volle Ausnutzung des Eintrittsgeldes und pflegt ihn beim ersten leisen Schnurcheln durch einen kräftigen Rippenstoß zum Kunstgenuß zurückzubeordern. Da sie auch zu Hause nicht das rechte Verständnis für seine Bedürfnisse aufbringt, bleibt ihm nur die Laube.

Er hat das erste Nickerchen schon hinter sich und ist eben dabei, Möhren fürs Abendessen zu ziehen, als sich ein junger Mann in Lederjacke und flott karierter Schiebermütze über den Zaun lehnt. Die lange Mähne, die unter der Mütze vorquillt, und die schüttere rötliche Kinnkrause kommen ihm irgendwie bekannt vor, aber es fällt ihm nicht ein, woher.

»Wollen Sie etwa zu mir?« fragt er knurrig.

Der junge Mann – wir haben längst Wägele wiedererkannt – hat offenbar nicht recht hingehört, denn er erwidert:

»Schönes Gemüse haben Sie da.«

Wer Gerstl so anspricht, ahnt nicht, auf was er sich einläßt.

Er hat etwas gegen Alkohol – schön, das mag jeder halten, wie er will, aber Gemüse ist für ihn Weltanschauung. Obst natürlich auch. Wer ihn auf Gemüse oder Obst anspricht, wird gründlich bedient. Es kann Stunden dauern, und hinterher steht der Unvorsichtige unter dem Eindruck, daß die Zukunft der Menschheit ausschließlich von gesundem Gemüse abhängt.

»Wie dem da«, sagt Gerstl stolz und weist mit großem Armschwung auf seine wohlbestellten Beete. So klein, dürr und zerknittert er ist, sieht er trotz seines schlottrigen blauleinenen Gartenhabits in diesem Moment wie Admiral Nelson bei der Flottenparade oder zumindest wie ein amerikanischer Südstaaten-Pflanzer vor hundert Hektar Baumwolle aus.

Er hat den jungen Mann längst eintreten lassen

und dessen Versuche, ihn zu unterbrechen, bisher erfolgreich abgewehrt. »Was braucht der Mensch auch Fleisch und tierische Fette? Schweinshaxen sind sein Untergang! Haben Sie schon mal Selleriepüree, gedünsteten Lauch oder Kräuterquarkklößchen gegessen?«

Der junge Mann hat nicht, und der Gemüseprophet holt offenbar zu detaillierten Beschreibungen oder gar zu Rezepten aus, doch dem fühlt sich Wägele nicht mehr gewachsen. Er hat ohnehin nur von Gemüse angefangen, um sich bei dem Mann lieb Kind zu machen und erneutes abweisendes Achselzucken wie im Revier von vornherein zu unterlaufen. Gemüse ist ihm sonst völlig schnurz. Er ißt es, ob chemisch oder natürlich gedüngt, wenn nur ein anständiges Stück Fleisch dabei ist.

Bevor Gerstl also mit soundsoviel kleingehackter Petersilie und Sauerampfer loslegen kann, zaubert er rasch Antonios Foto aus der Tasche und hält es ihm unter die Nase.

»Kennen Sie den?«

Die unerwartete Konfrontation schneidet dem Polizisten nicht nur den Gemüsefaden ab, sie bringt ihn auch endlich darauf, woher ihm der junge Mann mit der zerknautschten Lederjacke und der Kinnkrause bekannt ist.

»Ach, Sie sind das! Der vom ›Boten‹!« sagt er, und zugleich wallt Mißtrauen in ihm auf. »Was wollen Sie denn?«

»Nur hören, ob Sie den kennen.«

Natürlich kennt er den, wie soll er ihn nicht kennen? Unrasiert war er damals auch. Das ist doch der ...

Erschrocken hält Gerstl im Erinnern inne und denkt dabei dankbar wieder mal an Gemüse. Gemüse, davon ist er felsenfest überzeugt, beschleunigt den Denkvorgang, Fleischkost hingegen beschwert ihn. Da hat er neuerlich den Beweis. Wäre ihm sonst so schnell eingefallen, daß alles, was mit dem Mann auf dem Foto zusammenhängt, Geheimsache ist? Der Reviervorsteher hat es ihm eingeschärft. Nichts, was den Mann und sein Verschwinden betrifft, darf unter die Leute dringen.

»Nein, den kenn' ich nicht! Nie gesehen!« behauptet er kühn.

Es klingt nicht überzeugend, und Wägele fühlt sich berechtigt, auch seinerseits zu einem kleinen Trick zu greifen. Wenn Gerstl schwindelt, braucht er sich auch nicht an die pure Wahrheit zu halten.

»Dann hat der Mann also recht!« Wägele grient und schwenkt scherzhaft drohend den Zeigefinger. »Er hat mir erzählt, als er eingeliefert wurde, hätten Sie an Ihrem Pult geschlafen. Und das im Dienst!«

Was zuviel ist, ist zuviel. Gerstl läßt sich manches bieten, das nicht! Gemüse und Dienst, Dienst und Gemüse, das ist sein Lebensinhalt, daran läßt er nicht kratzen. Von niemand. Außerdem schläft er sowieso nicht. Allenfalls in der Laube.

»Der Kerl schwindelt!« zetert er wütend. »Ich hab' ihn selbst mit in die Zelle geschafft. Er war total hinüber und konnte sich kaum auf den Beinen halten. Der hat nicht mal gesehen, daß er im Polizeirevier war!«

»Also erkennen Sie ihn wieder?«

»Klar! Der war's! Das war der Kerl, der morgens weg war! Genau an dem Morgen, an dem der Sedlmeier die Frau vom Inspektor Seidel hat in der Luft rumfliegen sehen.«

Die Woge der Entrüstung verrauscht und läßt einen jäh verstummten, zerknirschten Gerstl zurück. Wägeles befriedigtes Grienen sagt ihm genug. Er hat sich von ihm auf den Leim locken lassen und Geheimnisverrat begangen.

»Hören Sie«, sagt er hastig und sieht gar nicht mehr wie Admiral Nelson, sondern nur noch schlottrig aus. »Sie schreiben doch nicht in die Zeitung, daß Sie das von mir erfahren haben. Das durft' ich nämlich niemand sagen.«

Wägele winkt beruhigend ab.

»Keine Bange! Das fällt unter Informationsgeheimnis, aber . . .«

Seine Spürnase wittert schon in andere Richtung. Was hat der Polizist da eben über die Frau Seidel gesagt? Jemand habe sie am fraglichen Morgen in der Luft herumfliegen sehen? Ein Scherz vermutlich, oder nicht? Die Zwirnhuberin hat damals auch sowas erzählt, aber er hat es für eine fromme Halluzination der vermutlich ein bißchen verdrehten alten Dame gehalten.

Er weiß nicht, wieso, aber irgendwie kommt es ihm trotzdem wichtig vor. Er hakt deshalb gleich nach, und Gerstl gibt um so bereitwilliger Auskunft, als ihm niemand verboten hat, darüber zu reden, und er dem jungen Mann für die versprochene Diskretion gefällig sein will. Enttäuscht ist er nur, als der hinterher bloß schnell an den Mützenschirm tippt und mit rauchenden Hacken davonstiebt, als säße ihm jemand auf den Fersen.

»He!« ruft er ihm nach. »Wollten Sie nicht noch das Rezept für Kräuterquarkklößchen wissen?«

Nur ein »Keine Zeit! Später!« hallt zu ihm zurück, bevor die Sportmütze hinter den Gebüschen der Nachbargärten verschwindet.

Seufzend schließt Gerstl die Gartenpforte. Schade, man traf so selten junge Leute, mit denen man über wichtige Dinge reden konnte, Gemüse zum Beispiel. Aber natürlich, er hatte ja seinen Beruf, und bei der Zeitung sollte es noch anstrengender zugehen als bei der Polizei.

Unversehens überkommt ihn ein Gähnen, und es zieht ihn zur Laube zurück. Die Zeit fürs zweite Nickerchen ist gekommen.

Niemand sitzt Wägele auf den Fersen, es sei denn die drängende Notwendigkeit, sich schnellstens über einen bestimmten Punkt Gewißheit zu verschaffen und sodann die ganze merkwürdige Geschichte gründlich zu überdenken. Ob es bei einem Fall bloßer polizeilicher Schlamperei bleibt, wie er bisher annahm, oder ob mehr dahintersteckt, etwas, das er vorderhand noch nicht einmal richtig zu denken wagt, weil es völlig unmöglich ist, absurd ... Der Engel! Wenn es ihn nun doch geben sollte?

Nachdem er den ersten Punkt erledigt, das heißt, den auf Streife befindlichen Wachtmeister Sedlmeier nach einigem Suchen an der Ecke des Grabens und der Langen Gasse gestellt und ihm seine Beobachtung an jenem Morgen bis zum letzten Tüpfelchen entlockt hat, macht er sich an die Erledigung des zweiten. Die Redaktion ist dafür gänzlich ungeeignet, da stört man ihn wegen jeder Kleinigkeit, weshalb er sich ins Café Sandner am Neumarkt begibt. Nicht in den vorderen Raum, in dem sich selbst um diese Vormittagsstunde manchmal Hausfrauen nach dem Einkauf stärken, sondern in das von Liebespärchen bevorzugte kleine Hinterzimmer. Liebespärchen sind mit sich selbst beschäftigt, und betreiben diese Beschäftigung zumeist auch erst abends.

Jetzt ist er also allein, sitzt in der nur hin und wieder von Hühnergegacker aus dem Hof sanft untermalten, kaffeeduftenden Stille zwischen holzgetäfelten Wänden an einem runden Marmortischchen und denkt messerscharf nach. Zur Unterstützung seiner Denktätigkeit hat er sich mit einer Zigarette gerüstet. Eine Pfeife wäre ihm lieber, des angestrebten Bildes reifer Männlichkeit wegen, aber beim Pfeiferauchen versammelt sich zuviel Spucke in seinem Mund, und man hat ja nicht immer gleich einen Eimer zur Hand. Außerdem der unsympathische Holzgeschmack . . .

Wie war das also? Ein Mann hatte sich in Polizeigewahrsam befunden, zum Ausnüchtern und des unbewiesenen Verdachtes wegen, eine Schaufensterscheibe eingeschlagen und Gegenstände aus der Auslage entwendet zu haben. Der Mann hatte sich nach Aussagen aller Beteiligten in total betrunkenem Zustand befunden, kaum imstande, sich auf den Beinen zu halten. Trotzdem war am Morgen die Zelle leer und kein Zeichen gewaltsamen Ausbruchs zu finden gewesen. Der Wachhabende hatte Verdächtiges weder gehört noch gesehen. Der erst von ihm, Wägele, als der italienische Gastarbeiter Antonio Guzzi identifizierte, bis dahin unbekannt gebliebene Mann hatte steif und fest behauptet, ein Engel habe ihn aus Polizeihaft befreit, ein Engel, den er später in der Person der Frau Angela Seidel zweifelsfrei wiedererkannt haben wollte. Doch so unsinnig es klang, eben diese selbe Angela Seidel war am frühen Morgen des fraglichen Tages vom Wachtmeister Aloys Sedlmeier, einem verläßlichen Zeugen, fliegend am Himmel beobachtet worden. Und zudem stand fest, daß es zuvor schon zu einer Begegnung zwischen dem Italiener und dem Engel

Seidel gekommen sein mußte, denn der Betrunkene war ja aus der Seidelschen Wohnung abgeholt worden. Vielleicht war da das Motiv für die himmlische Hilfeleistung zu finden, wenn, ja, wenn man sich überhaupt auf so Absurdes einlassen wollte ...

Wenn, ja, wenn ... An diesem Punkt war es endgültig mit dem messerscharfen Denken zu Ende. Ob messerscharf oder nicht, allein damit kam man nicht mehr weiter. Das geheimnisvolle Verschwinden wie die angebliche Mitwirkung einer als Engel sich betätigenden Inspektorsfrau, vor der sich Mauern und verriegelte Türen auftaten und der Wolken als Beförderungsmittel dienten, lag außerhalb jeder Wahrscheinlichkeit, entzog sich allen logischen Schlußfolgerungen. Aber summierte sich die zweifache Unmöglichkeit nicht vielleicht doch zu einer Möglichkeit höherer Ordnung, an die man einfach glauben mußte, um die ihr eigene Logik und Wahrheit zu sehen? Gab's denn nicht Zeugen und zumindest halbe Beweise?

Wägele bestellt statt des zweiten Kännchens Kaffee eins mit Mokka, auf Spesenkonto natürlich, setzt die sechste Zigarette unter Dampf, kippt seinen Stuhl ein wenig hintenüber, um, körperlich entspannt, seinen Spekulationen ins Ungewisse bessere Entfaltungschancen zu bieten, starrt grübelnd den durch einen einfallenden Sonnenstrahl bläulich sich aufwärts wölkenden Rauchkringeln nach, und ihm ist, als ob mit ihnen auch sein Geist in höhere Sphären entschwebe, in denen die dürre Mathematik menschlicher Logik nichts galt und ungeahnte Horizonte sich öffneten. Warum sollten da oben, jenseits der weißen, von braunen Balken durchzogenen Decke und hoch über dem Dach eigentlich nicht Engel fliegen, die jedenfalls zündendere Schlagzeilen liefern würden als selbst die skandalöseste Polizeischlamperei, Schlagzeilen, die, von der Presse der Welt übernommen, überall Aufsehen machen würden.

Ein Fieber überfällt ihn, wie es große Entschlüsse begleitet, ein Prickeln bis in die Fingerspitzen. Wie hat er nur an einen ärmlichen Polizeibericht denken können, obwohl doch eine einmalige Sensation auf ihn wartet, die den Namen Wägele, seinen Namen, rings um den Globus tragen wird? Wägele, der Engelentdecker, Wägele, dem es gelang, in das Geheimnis himmlisch-irdischer Beziehungen einzudringen! ...

Schon hat er den Kugelschreiber gezückt, schon fliegt der Stift über das Papier, reiht ohne innezuhalten Satz an Satz geschliffen funkelnder Prosa, als sei der vereinigte Geist all der Großen der schreibenden Zunft in ihn gefahren. Zum Schluß überliest er sein Werk nochmal, staunt selber über das, was ihm da aus der Feder geflossen ist, und schreibt schwungvoll »Engel schlägt Polizei 1:0« darüber. Nun gilt es nur noch, die Bedenken des

Chefs zu überwinden und seiner Sensation zwei Spalten auf der ersten Seite zu sichern.

Es fällt ihm leichter, als erwartet. Die Bedenken des Chefredakteurs sind angesichts des erfreulichen Echos auf den ersten Engel-Artikel längst geschwunden. Achtzehn Neuabonnements sind die unmittelbaren Folgen gewesen, ganz zu schweigen von über dreißig Leserzuschriften, darunter der des Jungpfarrers Eusebius Kastelberger, Vikar an Hochwürden Hitzigs St. Damianskirche. Es sei, schrieb er lobend, ein echtes Verdienst des »Boten«, durch zweckdienliche Berichterstattung die religiösen Gefühle des Volks zu stärken.
»Machen wir«, sagt der Chef nach der Lektüre befriedigt. »Nicht auf der ersten Seite natürlich, Politik geht schließlich vor, aber auf der dritten oben. Wenn's einschlägt, wird Ihr Gehalt erhöht. Wenn wir Schwierigkeiten kriegen –«, er sieht hoch und grient wie ein Menschenfresser, »– fliegen Sie ... wie Ihr Engel!«

Siebentes Kapitel

Seit Wägeles erstem Engelbericht mit Frau Zwirnhubers Lobgesang hat Angela sich daran gewöhnen müssen, auf ihren Wegen gelegentlich Aufsehen zu erregen. Manchmal waren es alte Frauen, die ihr die Hand küssen oder vor ihr niederknien wollten, manchmal junge Mütter, die ihre Kleinen anschleppten und um ihren Segen baten. Kein Widerspruch, kein Reden half, sie war nun einmal der Engel, es hatte sogar in der Zeitung gestanden, und dabei blieb's. Also strich sie leise über die strubbligen Köpfe der Kleinen, lächelte ihren Müttern zu, half den alten Muttchen wieder auf die Beine und gab sich im übrigen der Hoffnung hin, daß sich das alles mit der Zeit wieder legen und Florian nichts davon merken würde. Denn Florian kam mit ihrer Engelhaftigkeit nach wie vor nicht zurecht. Aber auch das würde sich legen, wenn es ihr nur gelang, ihm seine Zweifel zu nehmen und ihn restlos von ihrer irdischen Natur zu überzeugen. Dann würde alles wieder wie früher sein.

Durch ihre hoffnungsvolle Rechnung macht jedoch Wachtmeister Sedlmeiers Erscheinen an ihrer Wohnungstür einen dicken Strich. Auf Polizeirat Kneisels Befehl hat er Frau Angela Seidel sofort und eventueller Ausflüchte ihrerseits ungeachtet zum Revier zu geleiten.

Es ist der Vormittag, an dessen Morgen Wägeles Artikel im »Boten« erschienen ist. Er hat bereits gewaltiges Aufsehen erregt, nicht nur an den Frühstückstischen daheim, wo man sich zusätzlich zur nötigen leiblichen Stärkung mit einem ersten Überblick über die Neuigkeiten des Tages versorgt, um als Kulturmensch nicht hintanstehen zu müssen, wenn spätestens beim Mittagsschoppen am Stammtisch darüber geredet wird, sondern und aus besonderem Anlaß in besonderem Maße auch in den Rathausbüros. Man drängt sich hinter dem, der den Artikel gerade auf dem Schreibtisch hat, liest über dessen Schultern mit, reißt einander das Blatt aus den Händen, grinst, ist empört, staunt, freut sich jedenfalls, daß man selbst nicht betroffen ist.

Die, die am meisten betroffen sind, Florian und Kneisel, wissen vorläufig noch von nichts. Kneisel pflegt beim Frühstück nicht zu lesen. Es gehört zu seinen Lebensmaximen, die Dinge säuberlich auseinanderzuhalten. Frühstücken ist eine Sache,

Lesen ist eine andere. Wer beides miteinander vermengt, tut keines richtig. Außerdem erwartet ihn der »Bote« im Büro; ihn auch noch privat zu abonnieren, ist überflüssig.
Im Büro findet er ihn ebenfalls nicht gleich zur Hand. Die Herren im Revier unten haben sich aus begreiflichen Gründen so intensiv mit ihm befaßt, daß er dabei Schaden gelitten hat und Hundlinger eilends zum Zeitungshändler schicken muß, um auf eigene Kosten ein brandneues Exemplar zu beschaffen. Die Kosten – dreißig Pfennige – werden auf die vier Schuldigen umgelegt. Es stellt sich als nicht ganz einfach heraus, aber Ordnung muß sein.
Sodann trägt Hundlinger den »Boten« eigenhändig zu Kneisel hinauf, zuunterst unter den Streifenberichten, und begibt sich hinterher erst gar nicht wieder die Treppe hinunter, sondern verharrt gleich vor der Tür. Es wäre unnütze Kraftvergeudung, und er weiß ja, wie sich die Dinge weiter entwickeln.
Sie entwickeln sich zunächst erwartungsgemäß. Die Streifenberichte haben diesmal nichts Nennenswertes zu bieten, nur einen auf frischer Tat im Gasthof zur Linde ertappten Taschendieb, und sie zur Kenntnis zu nehmen, erfordert kaum zwei Minuten. Danach erlauscht Hundlingers der Tür leicht zugeneigtes Ohr energisches papierenes Rascheln: der »Bote« ist aufgeblättert worden. Jetzt ... jetzt muß es kommen: der dröhnende

Faustschlag auf die Schreibtischplatte, der zornbebende Ruf »Hundlinger!«, der bewiese, daß sich Kneisel über die taktische Platzwahl seines Reviervorstehers im Klaren wäre, weil er sich sonst des Klingelknopfs oder des Telefons zum Revierbüro unten bedient hätte. Aber es kommt nichts. Rein gar nichts. Hinter der Tür bleibt es totenstill, und Hundlinger muß sich auf seine Würde und die Möglichkeit des unerwarteten Auftauchens eines Untergebenen besinnen, um nicht durchs Schlüsselloch zu spähen.

Was ist passiert?

Nicht viel. Kneisels Faust war schon zum wuchtigen Schlag erhoben, dann hat er sie wieder sinken lassen. Mit Zornaufwallungen ist nichts getan, nur kühles Überlegen kann hier Klarheit schaffen. In seinem Hirnkasten wie in der Sache selbst. Brächte Hundlinger es über sich, trotz aller Bedenken sich des Schlüssellochs zu bedienen, wäre er ohne Zweifel enttäuscht. Er sähe nur einen scheinbar offenen Auges in Tiefschlaf versunkenen Vorgesetzten.

Doch Kneisel schläft nicht. Er denkt nach. Die Engelsgeschichte, denkt er, ist nur pure Sensationshascherei, typische Zeitungsmasche. Engel halten wissenschaftlicher Erkenntnis nicht stand und haben im 20. Jahrhundert nichts zu suchen. Aber der Artikelschreiber hat Namen genannt. Namen und ihre Träger sind nachprüfbar, und wer vor aller Öffentlichkeit Namen nennt und sie mit gewis-

sen, bisher unaufgeklärten Vorkommnissen in Verbindung bringt, ist seiner Sache sicher. Muß ihrer sicher sein, sonst hat er böse Folgen zu gewärtigen. Also hat diese Frau Seidel den eingelieferten Mann nach dessen eigener Aussage vor der Nase des vermutlich doch pflichtvergessen schlafenden Wachhabenden aus der Zelle entführt. Wie im einzelnen und warum, ist schleunigst zu klären. Nur ist es beschämend, daß es der Polizei auf solche Weise zur Kenntnis gelangt, und mit der nun doch fälligen Zornaufwallung wird sozusagen als Spätzündung der donnernde Faustschlag samt dröhnendem Ruf nach Hundlinger nachgeliefert.
Beides ereilt den Reviervorsteher, als er es kaum mehr erwartet. Trotzdem reißt er geistesgegenwärtig die Tür auf und erstarrt nach zwei Schritten zu einem erzenen Monument strammer Dienstbereitschaft.
»Haben Sie das hier gelesen?« dröhnt Kneisel und klopft mit empörtem Finger auf das vor ihm liegende Blatt. »Was sagen Sie dazu?«
Hundlinger sagt lieber nichts. Die Frage hat ohnehin eher rhetorisch geklungen, und in diesem speziellen, auch für ihn ein wenig peinlichen Fall fühlt er sich schon gar nicht zur Meinungsäußerung berufen. Was hier zu sagen ist, muß er Kneisel überlassen. Der legt schon los:
»Eine Blamage sondergleichen! Was ich hier lesen muß, hätte ich in Ihrem Bericht zu finden erwar-

tet. Aber nein! Ein windiger Zeitungsschreiber muß uns erst auf die Sprünge helfen!«

Ein grimmer Blick unter buschigen Brauen läßt das Monument ein wenig schrumpfen.

»Dafür wissen wir jetzt wenigstens, woran wir sind! Lassen Sie diesen Mann, den Italiener, und diese Person, die sich als Engel ausgibt, sofort zur Gegenüberstellung und Klärung des Sachverhalts vorführen. Bei Fluchtgefahr ist Zwang anzuwenden. Gegen beide liegt der Verdacht strafbarer Handlungen vor.«

So also kommt es, daß Wachtmeister Sedlmeier Angela in polizeilichem Aufzug zum Rathaus eskortiert. Zum Glück ist kein Markttag, niemand sinkt vor ihr auf die Knie oder tut sonst etwas Frommes, was ihn zu dienstlichem Einschreiten nötigen würde, aber selbst das bißchen Aufsehen, das sie so schon machen, ist ihm peinlich genug.

»Tut mir leid, Frau Seidel«, sagt er verlegen. »Ich tät's gern ein bißchen weniger amtlich, aber Befehl ist Befehl. Das wär' ja alles gar nicht nötig gewesen, wenn der Wägele das nicht in der Zeitung geschrieben hätte.«

Angela wendet sich nicht übermäßig interessiert zu ihrem Begleiter. Sie hat bisher geglaubt, die Vorladung oder was es sonst ist hätte wieder etwas mit dem Fliegen zu tun.

»Was hat er denn geschrieben?«

Sedlmeier reißt die Augen auf, staunt.

»Haben Sie's etwa nicht gelesen? Heut' morgen im ›Boten‹?«
Natürlich nicht. Wie sollte sie? Der Morgen ist mit Frühstück machen, Schlafzimmer richten, Frühstücken, Florian umsorgen, Vorbereitungen fürs Mittagessen und zwei Krankenbesuche treffen, die sie an diesem Vormittag erledigen will, mehr als reichlich ausgefüllt. Fürs Zeitunglesen bleibt da keine Minute. Ganz abgesehen davon, daß Florian das Blatt mit ins Büro zu nehmen pflegt.
»Na, dann . . .«, stottert neben ihr Sedlmeier, ». . . dann . . . dann will ich lieber nichts gesagt haben. Der Herr Rat wird's Ihnen schon erzählen.« Und verstummt für den Rest des Weges.

Wenig verheißungsvoll beginnt es mit einem knurrigen »Setzen Sie sich!«
Schon vor einer Woche ist seine Begrüßung nicht gerade liebenswürdig gewesen, diesmal fällt sie völlig flach, und er gibt sich nicht mal höflich. Es liegt am unterschwelligen Wohlgefallen, das die junge Person im flott gegürteten Trench mit verwegen auf den blonden Locken sitzendem Mützchen wie schon bei ihrer ersten Begegnung in ihm auslöst, und das er erst gar nicht aufkommen lassen will. Er hat ja keinen Unschuldsengel vor sich, sondern eine Delinquentin, der er von Anfang an den ihr gebührenden Platz zuweisen muß.
»Wissen Sie, weshalb Sie hier sind?« hebt er deshalb streng an.

Angela schüttelt lächelnd den Kopf.

»Noch nicht«, sagt sie, »aber Sie werden's mir sicher gleich verraten.«

Im ersten Moment will er sich ihren Vorwitz verbitten, dann läßt er's. Sonst hat er immer nur widerspenstige Übeltäter vor sich, die wissen, was er nicht weiß, und aus denen er erst mühsam ein Schuldgeständnis herauspolken muß. Diesmal ist es genau umgekehrt. Er weiß, was sie nicht weiß, weil sie offensichtlich das Elaborat im »Boten« noch nicht gelesen hat, und er kann sich deshalb erlauben, großzügig zu sein. Er hat ja alle Trümpfe schon in der Hand und kann sie nach Belieben ausspielen.

Mit einem angenehmen Gefühl leisen Triumphes lehnt er sich zurück. Polizeichef in Zumpelshausen zu spielen, Taschendiebe der strafenden Gerechtigkeit zuzuführen, Hundebesitzer zu strengerer Beaufsichtigung ihres Hosen zerreißenden, Straßen beschmutzenden Getiers anzuhalten und Wirtshausrandalierer zur Ordnung zu rufen, ist alles andere als ein Traumziel für einen ehrgeizig strebenden Beamten, aber manchmal ergeben sich auch dabei kleine Sternstunden der Erfüllung. Diese kündigt sich als solche an. Er kostet es aus.

»So«, sagt er gedehnt, »und Sie könnten's sich auch nicht denken?«

Auch das kann Angela nicht.

»Wegen des Fliegens vielleicht?« schlägt sie höf-

lich vor. »Aber das hab' ich seit unserem Gespräch neulich nicht mehr getan.«
»Sehr lobenswert, nur geht's darum nicht . . . Na, dann will ich mal ein bißchen nachhelfen.«
Er beugt sich vor, rund um den Schnauzbart ein wohlwollendes Lächeln, ganz guter Onkel.
»Erinnern Sie sich des Betrunkenen, den Sie vor kurzem aus Ihrer Wohnung zur Ausnüchterung ins Revier abholen ließen?«
Mit Genugtuung stellt Kneisel fest, daß sich in ihren zur Verstellung nicht begabten blauen Augen so etwas wie Unruhe rührt, nur ein Fünkchen und nur einen Moment, aber er kann sich nicht täuschen. Einem gewieften Kriminalisten entgeht so leicht nichts. Man hat Antenne für sowas. Außerdem ist ihre Antwort nur als Ausweichversuch zu deuten.
»Das war nicht ich. Mein Mann hat ihn abholen lassen.«
Sein Lächeln wird noch onkelhafter.
»Schön. Jedenfalls erinnern Sie sich. Erinnern Sie sich auch daran, daß Sie, von mir befragt, erklärten, der Mann sei Ihnen nicht bekannt gewesen? Dabei bleiben Sie doch wohl?«
Es klingt wie Süßstoff mit Honig.
Angela nickt.
»So!«
Der gute Onkel verschwindet jäh aus Kneisels Miene, dafür macht sich in ihr die berufliche Befriedigung eines Scharfrichters breit, der den De-

linquenten, zur Exekution parat, säuberlich auf den Block geschnallt hat. Er braucht nur noch auf den Knopf zu drücken.

»So«, wiederholt er, und dann schnell und scharf jedes einzelne Wort ausspuckend:

»Warum, wenn Sie ihn nicht kannten, haben Sie den Mann in der gleichen Nacht noch widerrechtlich aus seiner Zelle befreit?«

Er durfte entrüstetes Leugnen, Widerspruch, Empörung, vielleicht sogar hysterische Tränenfluten erwarten, nicht aber die sanfte Neugier, mit der sie fragt:

»Woher wollen Sie denn das wissen?«

Einen Moment starrt er sie sprachlos an, dann kommt ihm eine Ecke des »Boten« zwischen die nervös spielenden Finger, und er hat wieder Wind in den Segeln.

»Woher? Aus der Zeitung!« Er hält das Blatt so, daß sie die Überschrift des Artikels lesen kann: »Engel schlägt Polizei 1:0«. »Der Mann hat es dem Journalisten Wägele selbst gestanden und wird zur Gegenüberstellung mit Ihnen vorgeführt werden. Es hat also keinen Zweck zu leugnen!«

Die Reaktion fällt zu seiner Enttäuschung auch diesmal anders aus als erwartet. Von Schreck, Zerknirschung oder gar Angst ist Angela nichts anzumerken, nicht einmal ein Hauch von Verlegenheit.

»Schade«, sagt sie nur bedauernd.

Kneisel fühlt sich um den Erfolg seiner hundertfach erprobten Verhörmethodik betrogen. Wo bleibt seine Sternstunde? Die hübsche Person ihm gegenüber ist schließlich doch die Angeklagte und hat sich entsprechend zu verhalten. Hat Ausflüchte aufzutischen, Unabweisbares zu bestreiten, sich überhaupt wie ein Aal an der Angel zu winden. Sie tut nichts dergleichen. Sagt stattdessen nur friedlich: »Schade«.

»Was ist schade?« fragt er verdutzt.

»Daß er's nun doch mit der Polizei zu tun bekommt. Das gerade wollte ich nämlich verhindern.«

Aha! Also doch! Kneisel packt zu.

»Durch seine Befreiung, bevor wir seine Personalien feststellen konnten? Also geben Sie's zu!« Es kommt wie aus der Pistole geschossen.

Aber auch dadurch ist Angela nicht aus der Ruhe zu bringen, der Ruhe eines guten Gewissens.

»Ja, warum nicht? Er hatte ja nichts Böses getan!«

»So?« höhnt Kneisel. »Nichts Böses getan? Und wie nennen Sie das, wenn jemand die Schaufensterscheibe eines Geschäfts einschlägt und Gegenstände entwendet?«

»Ist das bewiesen? Hat man die Gegenstände oder sonst einen Hinweis bei ihm gefunden?«

»Das nicht. Vorläufig ist er nur verdächtigt, aber er . . .«

Angela ist auf ihrem Stuhl nach vorn gerutscht. Das Blitzen in ihren Augen, die in ihre Wangen steigende Röte verraten nun doch ein wenig Erregung, aber nicht die der Angeklagten, sondern die der Anklägerin. Sie fällt ihm ins Wort, ohne Hemmung, ungeniert:

»Sehen Sie, es genügt schon, Ausländer, Gastarbeiter zu sein, um leichtfertig wegen etwas verdächtigt zu werden, das hundert andere getan haben könnten! Der Mann ist viel zu betrunken gewesen, um einen Einbruch zu begehen. Ich wollte ihn nur davor bewahren, bei der Polizei unangenehm aufzufallen und womöglich seine Aufenthaltsgenehmigung zu verlieren.«

Kneisel schnappt empört nach Luft. Er kann's nicht fassen. Nicht sie, er, Polizeirat Kneisel, sitzt unversehens auf der Anklagebank und sieht zwei schöne, ja geradezu engelhaft schöne Augen strafend auf sich gerichtet, so daß ihm ganz blümerant, ja, irgendwie ... irgendwie schuldig zumute wird. Sekundenlang ist ihm, als fülle ein seltsam magisches Leuchten sein Zimmer und rücke Wände und Aktenregale in weite Ferne, so daß er unwillkürlich die Augen schließt. Als er sie wieder öffnet, ist jedoch alles wie sonst, auch das Schuldgefühl ist verflogen, nur der Ärger, die Empörung sind geblieben.

Das fehlte noch, daß diese Person sich hier als Verteidigerin zu Unrecht verfolgter Unschuld aufspielte, zumal sie damit unfreiwillig kundgetan hatte, ihn auch noch schamlos beschwindelt zu haben. Denn natürlich hatte sie den Mann schon vorher gekannt! Wie hätte sie sonst über ihn Bescheid wissen können?

Grimmig hält er's ihr vor, doch auch damit ist Angela nicht kleinzukriegen.

»Ich kannte ihn nicht«, erwidert sie. »Aus ein paar Worten, die er sagte, während ich ihn in unsere Wohnung brachte, hörte ich heraus, daß er Italiener ist, und die gibt's hier bekanntlich nur als Gastarbeiter.«

Kneisel hat sich wieder völlig gefaßt. Lächerlich, sich über diese Person aufzuregen! Wenn sie sich erst einmal über den Ernst ihrer Lage klar geworden sein wird, dürfte sich ihr Verhalten ohnedies ändern.

»Wie Sie wollen«, sagt er knapp. »Auch das wird die Gegenüberstellung also klären müssen.«

Wie aufs Stichwort klopft es an die Tür, und Hundlinger erscheint massiv auf der Schwelle, um zu melden, daß die vorgesehene Gegenüberstellung nicht stattfinden könne. Der Vorzuführende liege zu Hause im Bett und sei nach Aussage des Arztes fürs erste jedenfalls transportunfähig.

»Gut«, sagt Kneisel, »dann werden wir Frau Seidel solange bei uns behalten müssen.« Und in offiziell gekühltem Ton zu Angela: »Betrachten Sie sich wegen Verdachts der Verdunkelung einer Straftat, Begünstigung und versuchter Irreführung der Behörde als vorläufig festgenommen.«

Und wieder zu Hundlinger gewandt, der seine

verdutzten Gesichtszüge schleunigst zur Ordnung ruft:
»Bringen Sie Frau Seidel in einer unserer Zellen unter. Äußerste Wachsamkeit ist geboten. Ihr Ehemann ist zu verständigen.«
»Sehr wohl!« Der Reviervorsteher knallt die Hakken zusammen.
Angela ist schon aufgestanden. Von Überraschung ist ihr nichts anzumerken. Eher schon eine leise Spur Mitgefühl für ihren siegessicheren Widersacher.
»Ich fürchte, Sie werden das noch bedauern«, sagt sie ohne Vorwurf, nur so.
Der Polizeirat nickt. Das kennt man. Das übliche letzte Wort der Angeklagten.
»Das lassen Sie nur meine Sorge sein«, erklärt er. Doch dann fällt ihm – sie steht schon auf der Schwelle – noch etwas ein.
»Übrigens . . . etwas würde mich doch noch interessieren. Wie haben Sie eigentlich den Mann aus der Zelle gebracht?«
Sie dreht sich um, und da ist, ganz und gar nicht passend zur Situation, wieder das leichte, ein ganz klein wenig mokante Lächeln.
»Ganz einfach. Ich habe ihn bei der Hand genommen und bin mit ihm hinausgegangen.«
Die Tür fällt zu, die renitente Delinquentin ist auf dem Weg zur Zelle, der Fall, der ihm soviel peinliches Kopfzerbrechen bereitet hat, ist so gut wie gelöst. Nur Einzelheiten sind noch zu klären. Er

könnte also zufrieden sein, aber er ist es nicht. Was hinter ihm liegt, ist alles andere als die erträumte Sternstunde gewesen. Es ist immer anders gekommen, als er gedacht hat. Statt zu gestehen, was ohnehin nicht zu bestreiten ist, hat diese Person ihn selbst ins Unrecht zu setzen versucht oder mit sanfter Offenheit Einzelheiten gestanden, deren Unmöglichkeit dem Geständnis jede Glaubwürdigkeit nimmt. Was sollte man etwa mit dieser Behauptung anfangen, sie habe den Häftling an der Hand genommen und ihn – man denke, einen Betrunkenen, der kurz zuvor kaum auf den Beinen hatte stehen können – so mir nichts, dir nichts aus der Zelle geführt? Mir nichts, dir nichts, trotz verschlossener Tür?

Lächerlich! Ja, wäre sie ein Engel gewesen, wie dieser auf Sensationsmache erpichte Zeitungsskribent da schrieb, aber die gab es nun einmal nicht. Es war absurd, auch nur einen Gedanken daran zu verschwenden. Und trotzdem hatte sie in jener Nacht niemand gesehen, war der Betrunkene spurlos verschwunden gewesen.

»Spurlos« gibt es für einen Kriminalisten nicht, hat's nicht zu geben. Alles hinterläßt Spuren, größere, kleine, manchmal so winzige, daß sie erst bei gründlichstem Suchen zu finden sind. Diesmal ist trotz gründlichstem Suchen nicht mal die Spur einer Spur gefunden worden. So total ergebnislos ist die Suche verlaufen, als habe die Tat gar nicht stattgefunden. Aber sie hat. Das wiederum ist ohne jeden Zweifel erwiesen. Es grenzt an ein Wunder . . .

Kneisel, den es mit wild gesträubtem Schnauzbart, tief auf die Krawatte gesenktem Kinn und nervös auf dem Rücken sich verklammernden und wieder lösenden Fingern ruhelos um den Schreibtisch treibt, obwohl da schon andere Vorgänge seiner harren, drängt die Wundervermutung energisch zurück. Denn wo Wunder sich abspielen, lauern im Hintergrund Engel, und so verlockend es ist, Unerklärliches auf das Walten höherer Mächte abzuschieben, es steht einem verantwortungsbewußten Beamten nicht an. Wenn er im Protokoll einen Engel als mutmaßlichen Entführer auftauchen ließe, könnte er ebensogut gleich um seine Pensionierung einkommen.

Achtes Kapitel

Einsamkeit wird nicht nur von Eremiten, Kreuzworträtsellösern und unglücklich Verliebten geschätzt, auch andere Mitmenschen sind zuweilen ihrer bedürftig. Etwa um ihr zerrüttetes Nervenkostüm in aller Ruhe neu aufzubügeln, abseits des lärmenden Getriebes der Welt geistige Sammlung zu betreiben oder sich vor deren als feindselig empfundenen Zudringlichkeit zeitweise wenigstens in den Schutz eines sicheren Refugiums zurückzuziehen.
Letzteres ist der Grund, der Florian Seidel gegen Mittag die im oberen Rathausflur gelegene Räumlichkeit »Für Herren« ohne innerlich drängende Notwendigkeit aufsuchen läßt. Während der letzten Tage war das Gemunkel um ihn erfreulicherweise spürbar eingeschlafen, doch seit diesem Morgen ist es ohne ihm ersichtlichen Anlaß wieder springflutartig angeschwollen, und er

hat es satt, hinterrücks beflüstert, belauert und mit hämischen Blicken traktiert zu werden. Zwar stiehlt er, indem er sich nun in der kühlen, lysolduftenden Stille zwischen den hygienisch gekachelten Wänden auf den geschlossenen Klodeckel niederläßt, der Behörde die Zeit, die er eigentlich zur Erledigung seiner Pflichten zu nutzen hätte, aber auch Pflichtenmenschen sind Menschen und bedürfen hin und wieder einer privaten Atempause, um sich hinterher desto besser der Kollegen erwehren und dem Dienst an der Allgemeinheit widmen zu können.
Es sitzt sich da nicht gerade bequem, die Röhre zum Spülwasserbecken in seinem Rücken hindert ihn, sich gemütlich anzulehnen, und die Beine wegstrecken, kann er wegen der räumlichen Enge auch nicht – eine wahre Kulturschande, daß man diesen innerer Sammlung bestimmten Ort so sparsam gestaltet –, aber immerhin ist er allein und gedenkt, diesen bekömmlichen Zustand noch ein Weilchen auszukosten. Zudem erweist ein Blick auf den an der Wand angebrachten Aschenbecher, daß sich auch andere nicht nur auf das hier vordringlich Gebotene beschränken, und da er nicht raucht, zieht er den »Boten« aus der Tasche, den er sich zu gelegentlicher Lektüre morgens eingesteckt hat. Alles, was ihn vom Ärger im Büro ablenken kann, ist ihm willkommen.
Doch mit der Ablenkung wird es nichts. Schon als

er die erste Seite umblättert, fällt sein Blick auf eine fette Überschrift, wird starr und beginnt sodann, fieberhaft über die Zeilen zu hetzen. Danach sitzt er wie betäubt, merkt nicht mal mehr den Druck der Röhre in seinem Rücken, merkt kaum, daß jemand von draußen an der Türklinke rüttelt. Soll der doch, wenn er's so eilig hat, gefälligst einen Stock tiefer gehen. Oder auch höher. Ihm ist es gleich. Er kann sich keinesfalls stören lassen, nicht jetzt, er hat mit einer Katastrophe fertig zu werden.

Das also ist es! Deshalb das stürmisch aufgelebte Gemunkel im Büro! Alle hatten es natürlich gewußt, und wer es noch nicht gelesen hatte, dem war es hinter vorgehaltener Hand brühwarm zugetuschelt worden. Über den ersten Artikel hatte man noch wie über einen schlechten Scherz achselzuckend hinweggehen können, in ein paar Tagen hätte kein Hahn mehr danach gekräht, aber jetzt war es endgültig heraus, das mit dem Engel! Nun half wirklich kein Augenzukneifen mehr, und schuld war dieser Mann, den er zur Polizei hatte schaffen lassen. Und dieser Wägele natürlich! Ausbaden aber mußte es er!

Es rüttelte wieder an der Klinke, diesmal energisch, dann klopfte der Rüttler auch noch unverschämt an die Tür.

So unsanft aus seinem Grübeln gerissen, hebt Florian zu einer empörten Zurechtweisung an, aber eine Stimme von draußen kommt ihm zuvor. Sie klingt ihm wie die Posaune des Jüngsten Gerichts. Es ist zweifellos die des Bürgermeisters persönlich.

»Ist da drin jemand eingeschlafen?«

Florian reißt es förmlich vom Sitz.

»Nein! Moment, bitte! Sofort ...«

Er bringt noch genug Überlegung auf, um zu seiner Rechtfertigung die Spülung ins Becken rauschen zu lassen, bevor er eilends hinaus und dem hohen Herrn gegenübertritt.

Hoch ist der hohe Herr, Bürgermeister Mauser nämlich, allerdings nicht, eher klein und stämmig geraten, und die Imposanz seiner Erscheinung geht mehr von der prallen Fülle seines von einer hechtgrauen Weste samt goldener Uhrkette umspannten Bauches aus. An der Uhrkette hängt übrigens keine Uhr, die trägt er am Handgelenk, sondern, wie intimer mit ihm Vertraute behaupten, ein Miniaturlöffelchen, mit dem er in unbeobachteten Augenblicken der Hörfähigkeit seiner Ohren nachhelfen soll. Ein Bürgermeister, pflegt er zu sagen, müsse in seinem Amtsbereich selbst die Mäuse im Keller husten hören.

»Ah, Sie sind das!« sagt er jetzt, während sein flinker Blick an Florian vorbei ins Innere des Gehäuses flitzt und die auf den Fliesenboden gerutschte und in der Aufregung vergessene Zeitung wahrnimmt.

»Ja, ich ... Verzeihung, Herr Bürgermeister, aber ich ...«

»Verstehe«, nickt Mauser, »verstehe völlig. Man braucht zuweilen eine ruhige Minute, um mit gewissen Dingen fertig zu werden ... gewissen Dingen, über die ich übrigens nicht gerade gern, aber notgedrungen mit Ihnen gesprochen hätte, mein lieber Seidel, nur ... nur ist dies wohl nicht der richtige Ort und ...«

Schon zuvor ist er unruhig von einem Bein aufs andere getreten, jetzt macht sich auch in seinem heftig geröteten Vollmondgesicht unter den auf die Glatze geklebten dünnen Strähnen unübersehbar Beklemmung bemerklich, und er kommt hastig zum Schluß.

»... und wohl auch nicht die rechte Zeit. Kommen Sie doch ... ja, kommen Sie in einer kleinen Viertelstunde etwa in mein Büro!«

Die letzten Worte tönen schon hohl aus dem Innern der Zelle, dann klappt die Tür zu, und Diskretion gebietet Florian, sich zu entfernen.

Erst auf dem Flur draußen kommt er richtig zur Besinnung. Was will der Bürgermeister von ihm? So unentbehrlich sich Verwaltungsinspektoren auch fühlen, im Getriebe der Behörde sind sie nur kleine Rädchen, und Bürgermeister geben sich mit Kleinigkeiten nicht ab. Ihr Blick ist auf die großen Linien kommunaler Politik gerichtet. Es mußte also etwas Außergewöhnliches sein, und dabei fällt ihm Angela ein. Natürlich, mit ihr und diesem Artikel im »Boten« hatte es etwas zu tun.

Es fährt ihm wie siedend heißer Schreck in die Glieder, aber zugleich schwappt auch Ärger in ihm hoch. Was hat sich der Bürgermeister um Angela zu kümmern? Ist es etwa ein Dienstvergehen, mit einem Engel verheiratet zu sein? Im Dienstreglement steht nichts dergleichen. Außerdem Engel? Nicht einmal ihm selbst ist ganz klar, ob sie einer ist. Er hat sie zwar fliegen sehen, und fliegen, einfach nur so, nur mit richtigen Flügeln ohne Propeller und Düsen, können außer Vögeln eben bekanntlich nur ... na ja, falls es sie überhaupt gibt. Aber falls es sie gibt, ist sie vermutlich einer. Und wie bezaubernd irdisch sie bei aller Engelhaftigkeit außerdem noch sein kann, geht den Bürgermeister erst recht nichts an!
Er reckt sich männlich in den Schultern, fühlt sich wieder ganz auf der Höhe. Er wird sich anhören, was ihm der Herr Mauser zu sagen hat, mit dem gebührenden Respekt selbstredend, aber falls es wirklich um Angela geht, wird er sich nichts bieten lassen, sich nichts und ihr nichts. Seine Ehe ist schließlich seine Privatangelegenheit!

Wenn das Geschick zu einem tückischen Tiefschlag ausholt, überkommen einen höchst selten ahnungsvolle Vorgefühle. Nichts dergleichen, nicht den leisesten Unheilsschauer, verspürt zum Beispiel Florian, als er, eben im Begriff, in gefestigter Haltung wieder sein Amtszimmer zu betreten, Hundlinger am Flurende auftauchen sieht.

Nichts von Tücke ist an ihm wahrzunehmen, er bietet das gewohnte, vertrauenerweckend biedere Bild, ein ruhiger, solider Mann in den zweitbesten Jahren, der seine Uniform so überzeugend ausfüllt, daß man ihn sich gar nicht ohne sie, in Nachthemd und Filzpampuschen etwa, vorstellen kann. Ungewöhnlich an seinem Erscheinen ist nur, daß er überhaupt hier oben erscheint, wo er von Amts wegen nichts zu suchen hat, und daß er zudem ganz gegen sein ansonsten eher gemessenes Gebahren schon von weitem Aufmerksamkeit heischend die Arme schwenkt.
»Flori! . . . Herr Seidel!«
Der »Flori« hat etwas damit zu tun, daß die beiden eigentlich auf Duzfuß miteinander stehen, noch von der Zeit vor Florians Hochzeit her, als sie sich zweimal die Woche im »Grünen Baum« mit dem Wirt als Dritten am Stammtisch zu einer Skatrunde zu vereinen pflegten. Nur machen sie im Dienst keinen Gebrauch davon. Hundlinger nicht und Florian nicht. Im Dienst sind private Beziehungen auszuschalten, da bleibt es beim offiziellen Herrn Hundlinger und Herrn Seidel, und daß dem Reviervorsteher im Amt das vertraute »Flori« entfahren ist, läßt ebenfalls darauf schließen, daß sich sein Gemüt in ungewohnter Wallung befindet.
Florian läßt die Klinke los und sieht ihm nun doch unbehaglich entgegen. Sollte sich da wieder Unerfreuliches nahen? Er hat gerade eine Überra-

schung hinter sich, eine zweite kann er entbehren.

Doch dann kommt's noch weit schlimmer. Hundlinger zerrt ihn am Ärmel von der Tür weg zum Fenster, überzeugt sich durch einen rasch rundum schweifenden Blick, daß außer ihnen niemand im Flur ist, und raunt:

»Hör zu, Flori ... ich meine, Herr Seidel! Ich soll von deiner ... von Ihrer Frau bestellen, daß Sie ihr Zahnbürste und Waschzeug ins Revier bringen möchten.«

Flori versteht nur Bahnhof und staunt.

»Zahnbürste ... ins Revier? Wieso?«

Hundlinger beugt sich noch näher zu ihm, sein kräftig gewürzter Atem haucht ihm warm um die Nase.

»Weil sie doch vorläufig festgenommen ist ...«

»Fest ...?« Der Rest bleibt Florian im Halse stekken.

Hundlinger nickt heftig.

»Von wegen Verdachts der Verdunkelung einer Straftat, Begünstigung und versuchter Irreführung der Behörde!«

Die Begründung ist amtlich und flutscht daher wie geschmiert.

Ein Blitzschlag in die alte Buche jenseits des Fensters wäre eine Lappalie dagegen. Florian wird es einen Moment schwärzlich vor Augen, er schnappt nach Luft, tastet nach einem Halt und findet ihn eben noch rechtzeitig am Fensterbrett, um seinen Knien Festigkeit zu verleihen und der weiteren Entwicklung der Dinge wenigstens äußerlich einigermaßen gefaßt ins Auge sehen zu können, denn es entwickelt sich schon wieder was. Aus der Tür zum Vorraum »Für Herren« erscheint nämlich Bürgermeister Mauser, die pralle hechtgraue Weste stattlich voraus, und stutzt, als er das Zweiergrüppchen am Fenster erblickt.

»Ah, Seidel«, sagt er. »Sehr schön, Sie haben hier auf mich gewartet. Nun, dann kommen Sie nur gleich mit. Unangenehmes soll man so rasch wie möglich hinter sich bringen.«

Und den wieder mal zu einem Monument erstarrten Hundlinger leutselig grüßend, schreitet er auf strammen, für seine Leibesfülle nur ein wenig zu kurz geratenen Beinchen den Flur hinunter, Florian hinterher. Schreiten wäre allerdings für dessen Art der Fortbewegung kaum die rechte Bezeichnung. Er wandelt vielmehr wie im Schlaf, wandelt wie ein zum Tode Verurteilter, dieser Welt schon nicht mehr ganz Zugehöriger auf dem Weg zum Schafott. Dabei wirbeln ihm Gedankenfetzchen durchs sonst wie leergefegte Hirn: Zahnbürste ... Waschbeutel ... Angela hinter Gefängnisgittern. Er weiß nicht, wie er ins Amtszimmer des Bürgermeisters gekommen ist, er weiß nur eins: setzen, wozu Mauser ihn auffordert, will er sich nicht. Stehen will er, aufrecht und mannhaft seinem Geschick ins düstere Auge blicken.

»Na, schön. Ganz wie Sie wollen«, sagt Mauser achselzuckend und macht sich's seinerseits auf seinem Schreibtischsessel bequem. »Machen wir's also kurz. Ich schicke voraus, daß ich Sie als tüchtigen, pflichtbewußten Beamten schätze und gelegentlich schon Ihre außerplanmäßige Beförderung erwogen habe . . .«
Zu seiner Überraschung stellt er fest, daß selbst diese Ankündigung kein Anzeichen von Interesse bei seinem Untergebenen weckt und fährt leicht befremdet fort:
»Ja, so ist es. Aber ein Beamter hat nicht nur im Dienst unsern Mitbürgern ein Vorbild zu sein. Ich muß auch ein untadeliges Privatleben von ihm erwarten, und in dieser Hinsicht haben sich mir in letzter Zeit in Bezug auf Ihre Gattin einige Bedenken ergeben. Ich meine da weniger die reichlich phantasievolle Verklärung, die ihr seit einigen Tagen in den Spalten unserer lokalen Presse zuteil wird . . .«
Zur Auflockerung der Stimmung gestattet er sich ein amüsiertes Lächeln, das in Seidels Miene keinen Widerhall findet.
». . . obwohl ich mir auch in diesem Punkt mehr Zurückhaltung wünschte. Von Beamtenfrauen sollte in der Öffentlichkeit allenfalls als vorbildlichen Hausfrauen und bestenfalls überhaupt nicht gesprochen werden. Jetzt aber hat sich etwas ergeben . . .«
Sein Redefluß gerät ins Stocken, offenbar häuft

sein Zartgefühl Hemmnisse auf, die auch durch mehrfaches Räuspern und Ohrläppchenzupfen nicht aus dem Wege zu räumen sind und ihn zu einem kleinen Ausweichmanöver nötigen.

»Nun, Hundlinger hat Sie wohl schon über die jüngste Entwicklung informiert.«

Auch jetzt bleibt der Inspektor stumm, nur ein schlafwandlerisches Nicken verrät, daß er überhaupt zuhört. Oder hat er doch etwas gesagt? Mauser ist versucht, sein Ohrlöffelchen zu zükken, läßt es aber lieber und seufzt. Er hat ein weiches Gemüt, und der Mann tut ihm leid, es muß ihn hart getroffen haben, aber als Behördenchef hat er auf Ordnung zu halten, und schließlich ist das, was er ihm zu sagen hat, nur zu seinem Besten.

Immerhin stemmt er sich aus seinem Sessel hoch, in dem Gefühl, stehend und nicht durch das Bollwerk des Schreibtischs von ihm getrennt besser von Mann zu Mann mit ihm reden zu können.

»Tscha«, sagt er, »ich mische mich nicht gern in die Privatangelegenheiten meiner Herren, aber da ich Sie schätze und um Ihr weiteres Fortkommen besorgt bin, liegt mir daran, Ihnen über meine amtliche Befugnis hinaus einen freundschaftlichen Rat zu erteilen . . .«

Er hat den Schreibtisch umrundet, steht nun, trotz allen Reckens einen guten Kopf kleiner, vor Seidel, der wie ein in einem Alptraum befangener

Schläfer eulenäugig auf ihn herabblinzelt, und fährt väterlich fort:
»Eine Frau, mein lieber Seidel, die aus was für Gründen auch immer in polizeiliches Gewahrsam gerät, ist leider für einen Beamten untragbar. Sie sollten in Erwägung ziehen, sich von ihr zu trennen. Denken Sie einmal in Ruhe darüber nach. Ja, tun Sie das! In aller Ruhe! Ich beurlaube Sie für heute nachmittag vom Dienst . . .«

Ein freier Nachmittag mitten in der Woche hat seine Reize. Man kann spazierengehen, wenn das Wetter dazu verlockt, man kann sich auf die faule Haut legen oder Dinge tun, zu denen man sonst nicht kommt: zum Beispiel die seit Jahren in einem alten Schuhkarton gesammelten Briefmarken sortieren oder auch wieder mal Schiller lesen, das Dingsda von der Glocke, aus dem sich bei allen Gelegenheiten zitieren läßt. Man könnte, aber Florian kann nicht. Er hat einen Auftrag. Nachdenken soll er.
Fürs erste ist er jedoch nicht dazu in der Lage. Hundlingers Mitteilung von Angelas Festnahme hat ihm einen betäubenden Schlag versetzt, ihn sozusagen geistig aus dem Verkehr gezogen, und die Tatsache, daß ihn der Bürgermeister eines persönlichen Gesprächs gewürdigt hat, ist nur am Rande und, was den Inhalt betrifft, nur reichlich lückenhaft in sein Bewußtsein gedrungen. Gerade so eben hat er noch mitgekriegt, daß er sich

von Angela trennen soll, und das hat ihm endgültig den Rest gegeben.

Infolgedessen bleibt ihm nebelhaft verschwommen, wie er aus dem Rathaus gekommen und irgendwann im Kurpark gelandet ist. Unterwegs hat er ein paarmal von vorbeigleitenden Schatten wie durch eine Watteschicht seinen Namen gehört und mechanisch den vermutlichen Gruß erwidert, und einmal hat ihn für Bruchteile von Sekunden Bremsenkreischen und das Poltern einer groben Stimme aufgeschreckt. In die rauhe Wirklichkeit reißt ihn endlich ein jäh niederprasselnder Regenguß zurück, der ihn auf einer Parkbank im leeren Kurpark erwischt, und da erst geht ihm erschrocken auf, daß er versäumt hat, Angela Zahnbürste und Waschzeug zu bringen.

Nun ist es schon peinlich genug, die eigene Frau hinter Gittern zu wissen; sie dort zu besuchen, ist womöglich noch peinlicher. Schließlich wissen sie auf dem Revier, wer man ist, eine Respektsperson immerhin, und wo bleibt unter solchen Umständen der Respekt? Doch was sein muß, muß nun eben mal sein, und außerdem kann er sich vorstellen, daß sie in ihrer Lage der Tröstung bedarf.

Als er dann aber teils beklommen, teils trutzig hochgereckten Kinns das Revier und gleich darauf die Zelle betritt – Hundlinger schließt sie ihm persönlich auf und zieht sich dann diskret zurück, obschon, wie er murmelt, Besuche eigentlich nur in Anwesenheit eines Aufsichtsbeamten statthaft

seien, ein Freundschaftsdienst also, nur ausnahmsweise –, sieht sie durchaus nicht trostbedürftig aus. Sie sitzt auf der Pritsche wie jemand, der im Wartesaal auf den nächsten Zug wartet und genau weiß, daß er bald kommen wird, und zu bekümmern scheint sie vor allem der durchweichte Zustand seines Anzugs.
»Wie siehst du denn aus?« seufzt sie. »Man kann dich wirklich nicht allein lassen!«
Und nachdem er ihr leicht verschämt und ziemlich wortkarg von seinem Schlafwandlergang erzählt hat –den Bürgermeister erwähnt er nicht –, nimmt sie seine Hand und zieht ihn tröstend neben sich.
»Komm, setz dich«, sagt sie. »Ich kann mir denken, wie's dir zumute ist, aber mach dir nichts draus. In ein paar Tagen, morgen vielleicht schon, komm' ich hier raus.«
Zweifelnd fragt er:
»So wie du den Italiener rausgeholt hast?«
Sie schüttelt den Kopf.
»Nein, das darf ich nur für andere, für mich nicht. Dann verlöre ich meine Kraft.«
Da ist es wieder, das ärgerliche Geheimnis, das zwischen ihnen steht, seitdem er sie hat fliegen sehen, und das Schuld an allem trägt. Daran, daß sein so befriedigend geordnetes Dasein plötzlich aus den Fugen gerät, daß sie hinter ihm herflüstern, daß er jetzt klatschnaß hier sitzt . . . ach, Bitternis erfüllt ihn bis zum Kragenknopf, die er in

dieser Situation nicht herauslassen kann, und ohnehin kommt er gegen Angelas Fürsorglichkeit nicht an.

»So kurze Zeit kommst du schon ohne mich aus«, hört er sie neben sich. »Du weißt ja, wo in der Speisekammer alles steht. Nur Butter wirst du dir vielleicht kaufen müssen, das hab' ich heute früh nicht mehr geschafft. Aber für abends ist eine Dose mit Würstchen da ...«

»Bloß keine Würstchen!« murmelt er schwach.

»Dann gehst du eben einfach in die ›Linde‹ essen ...«

Bis Hundlinger wieder erscheint, um den Besuch zu beenden, bleibt Hausfrauliches an der Tagesordnung, und unter dem Blick des Reviervorstehers gerät die Zärtlichkeit des Abschieds ein wenig karg.

»Bis bald also!« ruft sie ihm lächelnd noch nach, dann klirren die Schlüssel. Zum Trösten ist er gar nicht gekommen.

Aber ist es im Grunde nicht in Wirklichkeit er, der zu trösten wäre? Das fragt er sich, während er im sinkenden Abenddämmer quer über den Altmarkt nach Hause schleicht und dabei besorgt rekognoszierend um sich späht, um jeder möglichen Begegnung mit Bekannten rechtzeitig ausweichen zu können. Wer sonst? Sie sitzt friedlich und offenbar ganz gefaßt in ihrer Zelle, während er dem Flüstern, Wispern und heimlichen Grienen der Leute begegnen und sich mit den schadenfrohen Kollegen herumärgern muß, vom Bürgermeister und seinen freundlichen Ratschlägen ganz zu schweigen. All das wird ihm aufgebürdet, ihm, nicht etwa ihr, und dazu noch Würstchen zum Abendessen oder stattdessen ein Spießrutengang zur »Linde«, wo sie ihn nur alle anglotzen würden. Nein, da kann er sich was Besseres denken. Er weiß, was er tun wird. Er wird ein kräftiges Schlafmittel schlucken – für den Notfall hat Angela dergleichen zur Hand – und sich samt seinem Kummer im Bett vergraben. Wer schläft, denkt nicht, kann allenfalls träumen, und vielleicht wird ihm zur Abwechslung ein erfreulicher Traum beschert.

Doch auch damit wird's nichts. Florians Unheilssträhne hat noch eine besondere Überraschung für ihn parat. Als er die Wohnungstür nämlich aufschließen will, stellt er zu seinem peinlichen Schrecken fest, daß der Schlüssel ihm fehlt. Auch hektisches Umkrempeln sämtlicher Taschen fördert ihn nicht zutage. Er muß ihn verloren oder, was wahrscheinlicher ist, vorhin, als er Zahnbürste und Waschzeug für Angela holte, in der Eile drinnen liegengelassen haben.

Auch der Stärkste geht einmal in die Knie, wenn sich Schicksalstücke allzu hartnäckig gegen ihn verschwört. Bei Florian ist es jetzt soweit. Er fragt sich nicht einmal mehr »Was nun?«, stolpert nur wie vor den Kopf geschlagen zwei Schritte bis zu der zum oberen Stockwerk führenden Treppe

und läßt sich mit weichen Knien auf die unterste Stufe sinken. Die Treppenbeleuchtung erlischt, und da hockt er nun, ein klägliches Häufchen Unglück, und ist dankbar für das ihn umgebende Dunkel, das ihm fürs erste wenigstens den Blick in die nächste trübe Zukunft erspart. Erst nach einer ganzen Weile dringt die Härte der Stufe aus dem Keller sozusagen in die oberste Bewußtseinsetage durch und macht ihm klar, daß er nicht ewig hier sitzen kann. Das »Was nun?« läßt sich nicht mehr überhören. Angela hat zwar bestimmt einen Schlüssel, aber ins Revier zurück will er nicht, zumal Hundlinger außer Dienst und in seiner Abwesenheit mit diskreter Vorzugsbehandlung nicht zu rechnen ist. Und zum Schlosser kann er erst gehen, wenn er sich im totalen nächtlichen Dunkel vor neugierigen Blicken sicher weiß. Es wäre zu peinlich: ein Verwaltungsinspektor, der in seine eigene Wohnung einbrechen muß, weil seine Frau hinter Gittern sitzt.
Und dabei schäumt wieder Bitternis in ihm hoch. Nicht gegen die anonyme Tücke des Schicksals diesmal, sondern gegen Angela. Denn sie ist schuld, nicht er. Der Ablauf der Ereignisse, die zu dieser Katastrophe führten, beweist es sonnenklar. Er hat das Richtige getan, als er den unbekannten Mann nicht nächtens in der Wohnung dulden wollte. Kein vernünftiger Mensch hätte an seiner Stelle anders gehandelt. Sie hat mit ihrer Engelhaftigkeit das ganze Unheil heraufbeschwo-

ren. Und schon vorher hat sie ihm nicht gerade das Leben leicht gemacht, wie es Pflicht und Schuldigkeit einer guten Ehefrau wäre. Wie oft war sie stundenlang unterwegs gewesen, um wildfremde Leute zu versorgen, während er, ihr ehelich angetrauter Mann, sich mit Würstchen und Spiegeleiern hatte herumschlagen müssen.

Daß er hier sitzt, im ungastlichen, von undefinierbaren Küchendünsten durchzogenen Treppenhaus statt in seinem gemütlichen Heim, hat er natürlich auch ihr zu verdanken, und er wird sich niederschmetternd bewußt, daß nur seine Duldsamkeit ihn bisher hat geduldig einen Zustand ertragen lassen, der weniger Duldsame längst zu energischen Maßnahmen veranlaßt hätte; daß er sich nur immer wieder durch Versprechungen, süße Worte und, nun ja, auch durch gewisse Annehmlichkeiten hatte beschwichtigen lassen, die ihm als Ehemann ohnedies zustanden. Ein Opfer war er und hatte es nur nicht gemerkt! Hatte der Bürgermeister mit seinem Freundesrat etwa recht?

Die unversehens über ihn hereinbrechende Erkenntnis, daß er eigentlich alles andere als eine glückliche Ehe geführt hat, daß er eigentlich unglücklich gewesen ist und es nur nicht gewußt hat, betäubt ihn so, daß er weder sieht, daß die Treppenbeleuchtung in Gang gesetzt worden ist, noch leichte, schnelle Schritte die Treppe heraufkommen hört.

Er schreckt erst auf, als er eine erstaunte weibliche Stimme vernimmt:
»Nanu, wer sitzt denn da? Ach, Sie sind's, Herr Seidel!«
Zwei schlanke Seidenbeine stehen vor ihm, ein schmaler Rock über nicht mehr ganz schlanken Hüften, Parfümduft verdrängt den Küchenmief.
Frau Hugendubel hat er vor sich, die die Dachetage über ihnen bewohnt. Sie führt ein Modegeschäft in der Breiten Straße und wirkt, wenn man nicht ganz genau hinsieht, ebenso proper und appetitlich wie die duftigen Zierlichkeiten im Schaufenster ihres Ladens, über dem in modisch verschnörkelten Buchstaben die Aufschrift »Teresas Boutique« prangt und Anspruch auf römisch-pariserische Eleganz anmeldet.
Wie alt sie ist, weiß man nur im Einwohnermeldeamt, und das ist zu Auskünften nicht berechtigt. Böswillige schätzen sie auf vierzig, nette Menschen, die nicht nur von sich selbst, sondern auch von anderen das Beste halten, auf höchstens dreißig, vor allem morgens, wenn sie nach ausreichender Nachtruhe und durch mancherlei Kunstfertigkeiten der Kosmetik geschönt in ihrer Boutique erscheint. Sie selber gibt seit einigen Jahren freiwillig dreiunddreißig zu und läßt bei passender Gelegenheit durchblicken, daß sie geschieden sei, schuldlos natürlich. Es läßt sich nicht nachprüfen, weil sie keine Einheimische, sondern eine

Zugezogene ist. Herrenbekanntschaften sind trotz sorgsamster Beobachtung seitens skandalsüchtiger alter Tanten nicht ruchbar geworden, es fällt nur auf, daß sie von ihren häufigen Fahrten zur Hauptstadt, die, wie sie sagt, der Erkundung aktueller modischer Trends und dem Erwerb neuer Ware dienen, stets bemerkenswert erfrischt und heiter zurückkehrt.

Sie erklärt es mit belebenden Großstadteindrükken, und da man nichts Gegenteiliges weiß, muß man ihr leider glauben. Deswegen anzunehmen, Frau Hugendubel hielte der Reputierlichkeit wegen ausschließlich anderwärts nach belebende Eindrücke verheißenden Herren Umschau und ließe ihre munteren, zart umtuschten, von dichten Wimpernkränzen umschatteten braunen Augen nicht gelegentlich auch auf ansehnlichen Exemplaren der Zumpelshausener Männerwelt ruhen, wäre allerdings ein der Umstände wegen verzeihlicher Irrtum. Sie tut es eben mit äußerster Diskretion, so daß Florian, zum Beispiel, eins dieser Exemplare, es noch gar nicht gemerkt hat.

Übrigens ist er auch durchaus nicht ihr Typ, aber Teresa Hugendubel hält sowieso nichts von festen Regeln, und an diesem stets korrekten, penibel gescheitelten und gebügelten späten Jüngling ist etwas, das bisher nicht gekannte mütterliche Regungen in ihr weckt. Sie, die für gewöhnlich nur angesichts draufgängerischer, flotter Herren ein gewisses verräterisches Zittern in den Knien verspürt, das ihr anzeigt, was die Glocke geschlagen hat, drängt es zu ihrem Staunen danach zu streicheln, selbst zärtlich in die Arme zu nehmen und schüchterne Zurückhaltung in Leidenschaft zu verwandeln.

Gelegenheiten zu solcherlei Betätigung hat es bedauerlicherweise bisher nicht gegeben, die spärlichen Begegnungen auf der Straße oder im Treppenhaus reichen eben gerade für einen Gruß oder ein anzügliches Scherzchen aus, und zudem kann es ihr bei der nahen Nachbarschaft nicht entgehen, daß er mit seiner jungen Frau offenbar glücklich lebt. Aber da hockt er nun überraschend vor ihr und sieht ganz und gar nicht nach glücklich aus. Und wenn ihr in einem an mancherlei Erfahrungen reichen Geschäfts- und Liebesleben entwickelter weiblicher Spürsinn recht behält, hat sein Zustand nicht nur mit seiner herausgestotterten Erklärung zu tun, daß er den Schlüssel zu seiner Wohnung verloren habe.

»Das macht doch nichts«, redet sie ihm tröstlich zu. »Sie brauchen doch nur auf Ihre Frau zu warten.«

Ein Weilchen bleibt er still, dann erwidert er tragisch dumpf:

»Die kommt heute nicht.«

Ihr Spürsinn hat sich demnach auf der richtigen Fährte befunden. Da ist mehr als nur ein verlorener Schlüssel dahinter, und ihr Jagdinstinkt beginnt sich zu regen.

»Na«, lächelt sie einladend, »dann kommen Sie erst mal mit zu mir. Sie können ja nicht ewig auf der Treppe sitzen. Nach einer Tasse Tee oder einem Schnäpschen, ganz wie Sie wollen, sieht die Sache bestimmt schon ganz anders aus.«
So recht will er nicht, eigentlich ist ihm die Dame nicht sonderlich sympathisch, andererseits jedoch sind Vorurteile zu meiden, und sie ist der erste Mensch, der sich in seiner Verlassenheit um ihn kümmert. Also gut, zu einer Tasse Tee ist er bereit; ein Schnäpschen hingegen käme ihm in dieser betrüblichen Lage wie Frevel vor.
Aber dann bleibt es weder bei der einen Tasse Tee noch bei seiner Abneigung gegen Frevel. Er könnte nicht sagen, wie es dazu kommt, daß er sich schon nach kurzem an Teresa Hugendubels Teetisch um einiges wohler fühlt, und daß er, wiederum ein Weilchen, allerdings ein ganzes Weilchen später sich mit leider Gewissensbeschwernis erst wieder daran erinnern muß, daß er ja eigentlich unglücklich ist, unglücklich zu sein hätte jedenfalls nach allem, was ihm widerfahren ist. Woran es liegt? Nun ja, nicht nur an Äußerlichem. Nicht nur daran, daß ihn ein wie ein weichgefüllter Ledersack anzusehender Lottersessel behaglich umschließt, daß Tee und Schnäpschen angenehm seinen Magen wärmen, daß ihn Frau Hugendubel, einer guten Fee zum Verwechseln ähnlich, auch noch von seiner durchfeuchteten Jacke befreit und ihn mit einer bequemen Haus-

joppe versieht – »Sie gehört meinem Geschiedenen«, erklärt sie deren Vorhandensein, »und erinnert mich nicht gerade an Angenehmes, aber bevor Sie sich bei mir einen Schnupfen holen . . .«
Wie gesagt, nicht an Äußerlichem allein, auch vor allem daran, daß ihm dies alles zusammen zuzüglich zu der wärmenden Empfindung, eine mitfühlende Seele vor sich zu haben, dazu bringt, zögernd und verlegen zuerst Stück für Stück seines Unglücks preiszugeben. Nicht alles, selbstredend, nicht das Engelhafte, das ist unerklärlich und gehört allein Angela, aber alles andere, was da jäh seine friedsame Existenz durcheinandergewirbelt hat.
Und mit jedem Stück, das er sich von seinem bedrückten Herzen redet, wird ihm ein wenig leichter zumute, fühlt er sich eine Kleinigkeit wohler in diesem von rosa Schirmlämpchen intim erhellten, mit allerlei hübschem femininem Krimskrams ausstaffierten Raum, so wohl, daß er den Schlosser, den er hat holen wollen, darüber vergißt und es erst merkt, als es längst zu spät ist, einen ehrsamen Handwerksmann noch vom Busen seiner Familie loszureißen.
Aber Frau Hugendubel beruhigt ihn, als er sich erschrocken aus der wie Pudding nachgiebigen Füllung des Ledersacks hochrappeln will.
»Was ist schon dabei?« sagt sie harmlos lächelnd. »Deswegen brauchen Sie doch nicht im Treppenhaus zu übernachten. Ich gebe Ihnen eine Decke,

und dann schlafen Sie hier bei mir auf der Couch.«

»Und die Leute?« entsetzt er sich.

Sie lacht. Es ist ein hübsches, frauliches Lachen und hört sich beruhigend an. Für den Nebenklang, den Sirenenton, der auch mitschwingt, ist sein Ohr nicht erfahren genug.

»Fragen Sie immer, was die Leute sagen?« erkundigt sie sich. »Wenn man sich danach richten sollte, dürfte man vieles Hübsche nicht tun.« Sie hebt ihr Glas, zwinkert ihm mit schwärzlich umrändertem Auge verheißungsvoll zu und fährt seidenweich fort: »Und das wäre doch wirklich schade ... Außerdem, sie wissen's ja gar nicht.«

Richtig! Wie könnten sie? Es hat ihn ja niemand gesehen. Florian atmet erleichtert auf. Seit der Engelsgeschichte weiß er zwar, wie leicht man sich in dieser Beziehung irrt, aber während der paar Schritte im Treppenhaus kann ihn wirklich niemand beobachtet haben.

Trotzdem ist ihm auch weiterhin ein wenig bänglich zumute. Schlafen Sie bei mir hat sie gesagt. Hier im Wohnzimmer, das ist klar, aber immerhin in dieser Wohnung, nur durch eine Tür von einem noch recht ansehnlichen weiblichen Wesen getrennt. Jedenfalls wird er, ansehnlich oder nicht, sich beim Schlafengehen höchstens der Schuhe entledigen können. Weiteres ist ausgeschlossen, schon um die peinliche Möglichkeit zu vermeiden, etwa in unangemessener Bekleidung von ihr überrascht zu werden.

Soweit innerlich gefestigt, wendet er seine volle Aufmerksamkeit wieder Frau Hugendubels Geplauder zu, gerade in dem Moment, in dem sie sagt:

». . . Und bei der Gelegenheit werd' ich auch Ihren Anzug gleich trockenbügeln. In dem zerknitterten, feuchten Zeug können Sie morgen nicht ins Büro. Ich werd' schon mal in der Küche das Plättbrett richten, und Sie ziehen sich inzwischen die Hose aus und kommen mir nach.«

»O . . . ohne Hose?« Florian starrt sie ungläubig an.

Sie lacht hell auf.

»Nein, mit natürlich! Aber in der Hand. Und für den Anstand wickeln Sie sich die Decke von der Couch um ihre untere Hälfte.«

Auf mancherlei hat ihn seine nicht allzu reichhaltige Lebenserfahrung vorbereitet – darauf nicht. Vor den Augen einer fremden Dame in deren Wohnung ohne Hosen, wenn auch züchtig verhüllt, zu erscheinen . . . vor kurzem noch wäre es für ihn absolut undenkbar gewesen. Seit zwei Stunden etwa ist es nicht mehr ganz so absolut. Die fremde Dame ist ihm nicht mehr ganz so fremd, sie hat ihn sogar schon aufgefordert, sie statt des umständlich-steifen Frau Hugendubel schlicht Teresa zu nennen und ist ihrerseits zum traulichen Florian übergegangen. Ihre mitfühlende Teilnahme, während er von den traurigen Etappen seines Unglücks berichtete, hat die erforderliche wärmende Vertrauensbasis dafür geschaffen, und sich zu weigern, seine Hose ihrer selbstlosen Hilfsbereitschaft auszuliefern, käme schnödem Undank gleich. Kränken müßte es sie geradezu, und kränken will er sie keinesfalls.

Also steigt er, nachdem Teresa verschwunden ist, hastig aus seiner Hose, wickelt sich noch hastiger unterwärts in die Decke, und dann zeigt sich's, daß selbst unter solchen anfangs leicht genierlich scheinenden Umständen oder gerade ihretwegen ein Abend noch munterer werden kann. Gerade die Absonderlichkeit seiner Gewandung, die Intimität in der kleinen, gemütlichen Küche, Teresas hausfrauliches Tun und eine von ihr spendierte Flasche Wein lockern die ohnehin gelokkerte Stimmung noch mehr, und als man endlich ans Schlafengehen denkt, führt der Umstand, daß sich die Couch beim Probeliegen für ihn als zu kurz erweist, zu einem heiteren kleinen Streit, wer nun wo, im Bett oder auf der Couch schlafen soll, einem amüsierlichen Wettstreit zwischen besorgter Gastlichkeit und verzichtbereiter Ritterlichkeit, und wie das bei solcherlei Dingen so geht, vor allem, wenn eine gewitzte Frau sie in ihrem Sinne lenkt, landen schließlich beide in ihrem Bett. Von Überraschung kann bei Florian in diesem Stadium keine Rede mehr sein.

Und dann – nun, es gibt Situationen denen ein

Mann sich stellen muß, wenn er nicht als unhöflicher Spielverderber gelten oder sich gar blamablen Vermutungen aussetzen will. Und wer will das schon? Und überdies ist Teresa eine reizvolle Frau.

An Angela hat Florian bei alldem natürlich nicht mehr gedacht. Erst im Einschlafen fällt sie ihm wieder ein, und sein letzter Gedanke ist: »Natürlich, sie ist an allem schuld!«

Neuntes Kapitel

Zumpelshausen ist ein friedliches Städtchen, an dem die Stürme der Jahrhunderte vorüberbrausten, ohne nennenswerte Spuren zu hinterlassen; allenfalls die Erhöhung des Bierpreises hat gelegentlich zu Aufwallungen des Volkszorns geführt. Daß an diesem späten Junitag etwas in dieser Art zu wallen beginnt, hat jedoch nichts mit Bier, sondern mit Angela Seidel zu tun. Begünstigt durch den Umstand, daß Markttag ist und die halbe Stadt oder zumindest die weibliche Hälfte der Hälfte sich in den engen Gassen zwischen den Ständen und Buden drängelt, spricht sich die aus dem Rathaus durchgesickerte Kunde blitzschnell herum, daß sie seit gestern in polizeilichem Gewahrsam sitzt.
Es scheint völlig unglaubhaft. Ganz davon abgesehen, daß man die reizende, allseits beliebte junge Frau mit einem städtischen Beamten verhei-

ratet weiß und Beamte und deren Angehörige von vornherein über jeden Verdacht sträflichen Tuns erhaben sind, haben alle, ob sie ihnen nun persönlich geholfen hat oder nicht, in der Zeitung gelesen, daß sie ein Engel ist, und was für einen Anlaß könnte es geben, einen solchen hinter Gitter zu bringen? Hier und da braut sich bereits Entrüstung zusammen.

Frau Zwirnhuber hat die Nachricht beim Gemüsehändler gehört und fragt ungläubig noch zweimal nach, weil sie ihren Ohren nicht traut, bevor sie aufgeregt zum Rathaus humpelt, um im Revier Aufklärung über das Unerhörte zu erlangen.

Wachtmeister Gerstl hat eben Dienst, die Zwirnhuberin ist ihm wohlbekannt, bei Spaziergängen an ihrem ischiasfreien Tagen hat sie schon mehrmals an seinem Gartenzaun haltgemacht und seine Beete bewundert, und da er Selleriestauden aus ihrer Markttasche lugen sieht, richtet er sich schon auf einen kleinen Diskurs über sein Lieblingsthema ein, aber er kommt nicht dazu. Die alte Dame hat anderes im Sinn als Gemüse.

Ob es stimme, daß der Engel verhaftet sei und wenn ja, warum so Unerhörtes stattfinde, fragt sie mit mühsam zu halbwegs höflichem Ton gebändigter Stimme.

Der Engel? Reine Gemüsekost scheint doch nicht so stimulierend auf die Gehirntätigkeit zu wirken, wie es Gerstl seinen auf Haxen und Sauerbraten versessenen Mitbürgern predigt, denn es dauert Sekunden, bis ihm die grauen Zellen verraten, wen sie mit dieser Bezeichnung meint.

»Ah, die Frau Seidel ... ja, die allerdings ...«

Soweit ihm bekannt sei, handele es sich um Irreführung der Behörde, Verletzung religiöser Gefühle und ...

Alles weitere bleibt ihm im Halse stecken. Man hat im Revier im Lauf der Zeiten schon viel gesehen und ist an mancherlei gewöhnt, aber eine würdige alte Dame, die, hochrot im Gesicht, ihren Krückstock schwenkt und auf den Schreibtisch drischt, daß Formulare und Akten fliegen, ist ihnen noch nicht vorgekommen. Dazu zetert sie zornig, wenn jemand hier religiöse Gefühle verletze, dann die Behörde selbst, und man werde schon sehen, wohin man mit so gotteslästerlichem Tun komme. Offenbar habe in diesem Hause der Antichrist das Kommando übernommen.

Bevor Gerstl sich von seinem Schreck erholen und Beruhigendes von sich geben kann, macht sie schon kehrt und marschiert, Bedrohliches murmelnd, eilig davon.

Sie bleibt an diesem Vormittag übrigens nicht die einzige Besucherin des Reviers. Zwar neigt keine der folgenden mehr so offenkundig zu Gewalttätigkeiten, aber ihre Entrüstung ist nicht zu überhören, und Gerstl beginnt sich heftig nach stiller Zwiesprache mit den Kohlrabis und Tomaten in seinem Garten zu sehnen.

Frau Zwirnhuber hat sich indessen in ihre Wohnung begeben, aus ihrer Wäschekommode ein nicht mehr ganz neues, aber piksauberes Bettlaken herausgesucht und sich mit einem Pinsel und einer kaum angebrochenen Flasche Rote-Rüben-Most an ihm zu schaffen gemacht. Danach betrachtet sie befriedigt ihr Werk, rollt das Laken sorgsam zusammen, verstaut es statt der Selleriestauden in ihrer Markttasche und macht sich nach einem letzten dankbaren Blick zum windenumsäumten Balkon hinüber von neuem auf den Weg, diesmal zum Altersheim. Die ungewohnt ausgedehnte Bewegung ermüdet sie nicht, sie fühlt sich frisch, ihr ist, als wandele der Engel persönlich an ihrer Seite und erfülle sie mit seiner himmlischen Kraft.

Um die Bewohner des Altersheimes hat sich Angela besonders häufig gekümmert, und die Kunde von ihrer Bedrängnis schlägt infolgedessen auch wie eine Bombe ein. Klar ist eins: Diesem himmelschreienden Unrecht muß auf schnellstem Wege ein Ende gemacht werden. Wer nicht gerade bettlägerig ist und deswegen leider zurückbleiben muß, steigt aus den Pantoffeln in die Schuhe, greift nach Hut, Krückstock oder Schirm, und alsbald rückt, von Frau Zwirnhuber geführt, ein stattliches Häufchen streitbarer alter Damen und Herren aus, zusammengezählt an die anderthalbtausend Jahre, um für die Befreiung des Engels auf die Barrikaden zu steigen. Selbst die, die schlecht zu Fuße sind, wollen bei dem frommen Unternehmen nicht fehlen und lassen sich in ihren Rollstühlen schieben.

Auf dem Markt ist das gewohnte Treiben längst zu aufgeregt diskutierenden Grüppchen geronnen. Man erzählt sich gegenseitig, wie gut die Frau Seidel zu einem war, wie sie dem einen einen gebrochenen Knochen geschient, dem anderen bei einem Unfall geholfen habe. Wer sie noch nicht selbst erlebt hat, weiß wenigstens von anderen zu berichten, die ihrer segensvollen Hilfsbereitschaft teilhaftig wurden. Jemand will sogar einen Heiligenschein gesehen haben, der über ihren blonden Locken schwebte. Kurzum, ein Engel, ein wahrer Engel . . . und nun dies!

Empörte Rufe werden laut, schon rotten sich einzelne Grüppchen zusammen und drängen dem Rathaus zu, worauf sich Polizeirat Kneisel genötigt sieht, dessen Zugang zu sperren. Etwas zu sperren, was sonst jedem Bürger offensteht, wird als polizeiliche Willkür empfunden und in diesem Fall noch dazu als arrogante Weigerung, sich mit den Anliegen der Bevölkerung auseinanderzusetzen. Es trägt nicht zur Beruhigung bei, im Gegenteil, es bringt die Gemüter erst recht in Wallung.

Die bäuerlichen Standinhaber aus der Umgebung, bisher die Leidtragenden des Geschehens, da ihnen infolge der Unruhe die Käufer wegbleiben, kommen endlich doch noch auf ihre Kosten. Wenn ihre Ware schon nicht zum Verzehr zu verkaufen ist, können sie dem brodelnd wachsenden Volkszorn wenigstens ihre leicht verderblichen Tomaten und die angefaulten Äpfel, letztere zu ermäßigten Preisen, als handliche Wurfgeschoße andienen. Und bald prasselt auch wirklich ein mittlerer Tomaten- und Äpfelregen auf die vor dem Eingang postierten Mannen nieder, die sich daraufhin, so unfreundliche Behandlung nicht gewöhnt, hinter der sich schließenden Rathaustür verschanzen. Das Volk hat einen Sieg errungen, aber weitergekommen ist man deswegen um keinen Schritt.

Auf dem Platz unten weiß man allerdings nicht, daß Bürgermeister Mauser den Polizeirat Kneisel zu einer eiligen Lagebesprechung in sein Zimmer gebeten hat. Mauser mag Kneisel nicht, der Mann ist ihm zu humorlos, zu knochentrocken, und Kneisel wiederum vermißt an Mauser prinzipienfeste Gediegenheit. Beide gehen einander nach Möglichkeit aus dem Wege; diesmal läßt sich's leider nicht machen.

Die Unterhaltung hebt frostig an. Was er von der Situation halte, erkundigt sich Mauser.

Welcher Situation? erkundigt sich Kneisel steif zurück. Er sehe keine. Die Ansammlung einiger jugendlicher Randalierer auf dem Marktplatz sei wohl kaum als Situation zu bezeichnen.

»Sehen Sie sich mal Ihre jugendlichen Randalierer an!« schmunzelt Mauser und weist auf den Platz hinunter.

Eben schwenkt da der Zug der Altersheimler um die Ecke der Drosselgasse, Frau Zwirnhuber noch immer mit ihrer Markttasche am Arm vorneweg, drei Rollstühle als Nachhut hinterdrein. Jetzt hebt sie Halt gebietend den Krückstock, winkt einen der hinter ihr marschierenden alten Herrn zu sich, und gemeinsam entfalten sie zwischen sich das der Tasche entnommene Laken. »Freiheit für den Engel!« ist in großen roten, nur ein klein bißchen zerlaufenen Buchstaben draufgemalt. Und von allseits aufbrausendem Jubel umwogt, setzen sich anderthalbtausend Jahre von neuem über den Markt in Bewegung.

Wie nicht anders zu erwarten, rührt sich in Kneisels ledrigen Zügen nicht das leiseste Zeichen von Heiterkeit. Sie sehen eher noch ledriger aus.

Das erweise nur die Wahrheit des Sprichworts, daß Alter nicht vor Torheit schütze, erklärt er bokkig. Ihn jedenfalls werde auch das nicht bewegen, von einem eindeutigen Rechtsstandpunkt abzugehen.

»Ob er wirklich so eindeutig ist, steht noch dahin.«

Mauser wippt sich mit stramm vorgerecktem Bauch auf die Zehenspitzen, um dem längeren Kneisel auch äußerlich besser gewachsen zu sein. »Schließlich ist meines Wissens noch nicht erwiesen, ob Frau Seidel einen Straftäter oder einen Betrunkenen aus der Zelle geholt hat, und in letzterem Fall . . .«

Kneisel hält es nicht länger. Wieder mal keine Prinzipien, der Mann! Störrisch fällt er ein:

»... wird der Richter entscheiden müssen, ob Irreführung der Behörde, Verächtlichmachung religiöser Gefühle und Erregung öffentlichen Ärgernisses nicht auch zu weiterer Inhaftierung genü ...«

Er verstummt abrupt. Von unten dringt ein Geschrei begleitetes Klirren herauf. Einen Moment steht er starr, dann stürzt er zum Fenster, reißt es auf, beugt sich hinaus und findet eben noch Zeit festzustellen, daß zwei Fensterscheiben des Reviers im Parterre dem Volkszorn zum Opfer gefallen sind, bevor ihn ein Volltreffer an den borstigen Schädel in volle Deckung zurückscheucht. Er faßt sich ungläubig-benommen an die Stirn, wo nur noch Schalenfetzen des offenbar schon reichlich matschig gewesenen Geschosses kleben, während der Saft, durch das Augenbrauengestrüpp filtriert, in die ledrigen Backenfalten kleckert, starrt auf die Finger mit den klebrig-rötlichen Resten des corpus delicti und konstatiert mechanisch:

»Tomate!«

»Ein faules Ei wäre unangenehmer gewesen«, versucht Mauser zu trösten.

Er mag es gut gemeint haben, aber er reißt Kneisel vollends aus seiner Betäubung und läßt ihn ermessen, was da Unerhörtes passiert ist. Nicht nur die Scheiben, zwei an der Zahl, auch er ...

»Das ist Aufruhr!« schnaubt er wutentbrannt. »Offener Aufruhr! Ich werde den Platz räumen und die Schuldigen festnehmen lassen!«
»Mit ihren drei Mann?« bemerkt Mauser skeptisch und zupft sein Kavalierstüchlein aus der Tasche. »Hier, nehmen Sie das, sonst tropft Ihnen das Zeug noch auf die Jacke. Und was das Räumen anbelangt«, fügt er, um den nötigen Ernst bemüht, hinzu, »ein guter Rat: Lassen Sie's lieber. Es würde womöglich wieder mal einen Rathaussturm provozieren.«
In der entstehenden Stille ist das Schrumpfen des Kneiselschen Tatendrangs fast greifbar zu spüren.
»Wieder mal? Wieso? Das muß vor meiner Zeit gewesen sein«, knurrt er endlich.
Natürlich, denkt Mauser, von dem Mann ist weder Sinn für Humor noch Geschichtskenntnis zu erwarten. Knochentrocken wie immer.
Laut sagt er: »Stimmt. Eine Kleinigkeit. Nur rund vierhundertfünzig Jahre. Im Bauernkrieg. Die Rathausverteidiger hatten damals auch schon zu wenig Leute zur Hand. Historische Perspektiven haben zuweilen ihr Gutes. Man kann aus ihnen immerhin lernen, Dummheiten nicht zu wiederholen.«
Genüßlich stellt er fest, daß sein Pfeil sitzt. »Übrigens gehe ich jetzt zum Mittagessen. Die Leute da unten werden es auch bald tun. Selbst Revolutionäre halten hierzulande die Mahlzeiten ein. Und

die Fensterscheiben kann die Stadtkasse zahlen.«
Die Lagebesprechung ist zu Ende, die Lage ist genauso ungeklärt wie zuvor, aber härteres Durchgreifen ist zumindest fürs erste vermieden. Bevor er neue Entschlüsse faßt, will sich Kneisel erst im Konversationslexikon, falls nötig, auch in der Stadtchronik über den Bauernkrieg informieren. Man soll ihm nicht nachsagen können, daß ihm die historischen Perspektiven fehlen.

Der Reporter Wägele hingegen hat mit historischen Perspektiven zur Zeit nichts im Sinn. Er hält sich mehr an die Gegenwart, die Gegenwart, die er, was ihn mit stolzer Genugtuung erfüllt, maßgeblich mitgestaltet hat. So oder so ähnlich heißt es doch wohl in Nachrufen auf Staatsmänner und sonstige hervorragende Persönlichkeiten der Zeitgeschichte. Denn wie kämen all die Leutchen in gemeinsamer Empörung auf dem Marktplatz zusammen, wenn nicht er durch seine Engel-Artikel den Boden dafür bereitet hätte? Nicht allein natürlich, auch der Engel – Wägele muß leise grienen, weil er sich nun selbst beim Reinfall auf die von ihm fleißig genährte Illusion erwischt – auch Frau Seidel also hat einiges dazu beigetragen, aber die Hauptsache ist doch sein Werk.
Zum erstenmal fühlt er sich so richtig in seinem Element. Kein Statist mehr, auch kein Kleindarsteller, sondern Hauptperson. Der Chefredak-

teur will erstmals in der Geschichte des »Boten« der aufsehenerregenden Ereignisse wegen eine abendliche Extraausgabe erscheinen lassen, und ein fulminanter Augenzeugenbericht aus seiner, Wägeles, Feder soll auf der ersten Seite prangen, wo sonst die große Politik zu Hause ist. Er ist zwar nicht Augenzeuge gewesen – gestern abend hatte er eine länglich sich dehnende, intensive Verabredung mit der hübschen Bedienung vom »Adler« gehabt, und ausgerechnet heute morgen hat er verschlafen und ist gerade noch zum Höhepunkt, zum Einwurf der Fenster und dem Zerschellen der Tomate an Kneisels Schädel, zurechtgekommen –, aber was tut das schon? Ihm steht genug Phantasie zu Gebote, außerdem hat er weidlich herumgehorcht und zusätzlich in aller Eile noch einige Interviews eingesammelt, unter denen leider das eine fehlt, das seinem Bericht die notwendige Dosis Gefühlsschmalz hätte hinzufügen können: das des Engel-Ehemanns Florian Seidel.

Florian war jedoch nicht aufzutreiben gewesen. Das Rathaus war vornherum gesperrt, und als es ihm gelungen war, sich durch eine Hintertür einzuschmuggeln, hatte Hundlinger ihn erwischt und wieder an die Luft befördert. Wenn er sich nicht sofort entferne, hatte er dräuend erklärt, könne ihm blühen, länger in diesem Hause verweilen zu müssen, als ihm sicherlich lieb sein werde.

Die Anspielung auf die Revierzellen war unmißverständlich. Einen Moment liebäugelte Wägele mit der Idee, sich einsperren zu lassen und dann mittels Klopfzeichen von Zelle zu Zelle ein Exklusiv-Interview mit dem Engel selbst zu erlangen – unter diesen Umständen eine Sensation! – aber mit Klopfzeichen war das so eine Sache, man mußte sie kennen, ihm fehlte es an der nötigen Knasterfahrung, dem Engel vermutlich auch, und überdies wartete ja die Extraausgabe.

Während er sich nun in seiner Redaktionskabuse vom Geklapper der heißlaufenden Schreibmaschine zu immer neuen, überraschenden, sogar ihn selbst überraschenden Einzelheiten des Geschehens auf dem Marktplatz inspirieren läßt, tröstet er sich mit dem Gedanken, daß er auch ohne das Stoff genug hat, Stoff, wenn's sein müßte, um zwei Extraausgaben zu füllen. Aber so etwas gibt's ja nicht: zwei, wo schon die eine in achtzig Jahren des »Boten«-Bestehens erstmalig ist! Eine völlig absurde Vorstellung!

Er ahnt noch nicht, daß sie Wirklichkeit werden wird, weil die ganz große, die einmalige Sensation noch bevorsteht. Antonio heißt sie.

Für die Allgemeinheit hebt sie damit an, daß sich an diesem Spätnachmittag die Glocken der St. Damianskirche am Altmarkt nicht zum gewohnten Vesperläuten rühren. Der Mesner ist als peinlich pünktlicher Mann bekannt, und die Geschäftsinhaber rundum pflegen sich beim Schließen ihrer Läden nach ihm und seinem Geläut zu richten. Infolgedessen bleiben die Läden länger geöffnet als sonst, eine kleine Sensation schon das, aber nicht die, die gemeint ist.

Die hat eine Vorgesichte, die schon viel früher und zwar damit beginnt, daß die Witwe Knopf mittags vom Markt die Kunde heimbringt, man habe den Engel eingesperrt, weswegen es einen Auflauf und zerbrochene Fensterscheiben gegeben habe. Letzteres verdrießt ihren Sinn für Ordnung und gesittetes Benehmen besonders.

Antonio, der noch im Bett liegen muß, um seinen geschundenen Fuß zu schonen, lassen die Fensterscheiben kalt, dafür regt ihn die Verhaftung des Engels maßlos auf. Er faßt es nicht. Sein Engel eingesperrt? Vielleicht gar, weil er ihm, Antonio, herausgeholfen hat? Ihm ist gesagt worden, ein Polizist sei schon dagewesen, um ihn zum Rathaus zu holen, und nur, weil der Dottore widersprochen habe ... Und wenn er nun dem Engel hätte helfen, seine Dankesschuld bei der Gelegenheit gleich hätte abtragen können?

Wut schäumt in ihm hoch, auf seinen Fuß, auf den Dottore, sogar auf die Witwe Knopf, die sich wegen der Fensterscheiben aufregt, nicht wegen des Engels, und ihn nun daran hindert, augenblicks aus dem Bett zu klettern und zum Rathaus zu stürzen. Eine Tasse Baldriantee will sie ihm zur Beruhigung bringen, obwohl Baldrian ... Sie zögert. Baldrian habe bei ihrem Mann, dem dahingegangenen Zugschaffner, merkwürdigerweise oft gegenteilig gewirkt, wie bei einem Kater. Sie senkt sittsam die Lider.

Auch ohne Baldrian hat Antonio inzwischen eingesehen, daß Wut in diesem Fall zu nichts führt. Nachdenken muß er, ungestört nachdenken, wie er seinem Engel am besten helfen kann. Denn helfen muß er, das ist sein unerschütterlicher Wille. Warum der Engel, der ihm geholfen hat, sich nicht selber hilft, danach fragt er nicht. Es hat immer heilige Märtyrer gegeben, die sich für andere opferten, obwohl sie ungeschoren hätten davonkommen können, San Vito Martire, zum Beispiel, oder San Sebastiano, der mit den Pfeilen. Ihre schreckensvollen Bilder an den altersdunklen Mauern der Kirche von Castellano haben seine Jugend begleitet. Sein Engel sollte kein Martyrium auf sich nehmen müssen, seinetwegen schon gar nicht.

Er liegt also ruhig da, ganz so, als hätte der schließlich doch gebrachte Baldriantee, den er in seinen Nachttopf geschüttet hat, gewirkt, liegt also da, sieht zur rissigen Decke seiner kleinen Kammer auf, in die die Nachmittagssonne schräge Strahlen wirft und die Geranien im Blumenkasten vor dem Fenster zu blutrotem Glühen bringt, läßt emsig seine Gedanken kreisen, und plötzlich wird ihm wie durch eine himmlische Eingebung klar, was er zu tun hat. Es erscheint ihm ungeheuerlich und ganz einfach zugleich und vor allem eines Engels würdig. Vor lauter Ungeduld, damit zu beginnen, zuckt es ihm in allen Gliedern, aber er muß noch warten, bis die Witwe Knopf die Wohnung verläßt, um mit einer Nachbarin ein Schwätzchen zu halten.

Als es endlich soweit ist, scheint ihn eine bis zur Unerträglichkeit gespannte innere Feder aus dem Bett zu treiben. Hastig steigt er in die Hosen, die Schuhe, macht einen Probegang durch die Kammer. Es geht. Der Fuß schmerzt kaum mehr. Das, was er vorhat, wird er schon aushalten. Nur eins muß er noch tun: Er muß sich rasieren. Seitdem er liegt, hat er's nicht für nötig gehalten, aber jetzt ist es eine fromme Pflicht. So schwärzlich-stopplig kann er das große Werk nicht beginnen. Was würde der Engel sonst von ihm denken? Also schabt er die Stoppeln herunter.

Danach, schon an der Flurtür, kehrt er noch einmal in die Küche zurück und packt die belegten Stullen ein, die die Signora Knopf bereits vorsorglich für sein Abendbrot zurechtgemacht hat. Auf dem Weg, der vor ihm liegt, werden ihn sicherlich überirdische Kräfte stärken, aber warum soll man sich für alle Fälle nicht trotzdem mit dem Nötigsten versehen?

Über den Altmarkt will er nicht, obwohl es am kürzesten wäre, weil ihn da ein Polizist erspähen und womöglich an der Ausführung seines kühnen Rettungsplans hindern könnte. Folglich schleicht er hintenrum durch die krummen Altstadtgäßchen, spitzt an jeder Kreuzung erst um die Ecke, ob die Luft rein ist und keine uniformierte Gestalt sich zeigt, und gelangt so auf den schmalen Platz hinter St. Damian. Steil und himmelhoch ragt die graue Fassade des Chors mit ihren Strebepfeilern und schmalen bunten Fenstern ehrfurchtgebietend vor ihm auf. Er war schon ein paarmal zur Messe drinnen und weiß auch, wo sich das Pförtchen zum seitwärts angebauten Turm befindet.

Einen Moment noch bleibt er stehen, wie um ein letztes Mal mit sich zu Rate zu gehen – bis auf die vom Altmarkt herüberwehenden Geräusche ist der Platz ganz still, die Sonne dringt nicht bis in die Tiefe des Schachts zwischen den Mauern, spiegelt sich nur blitzend in den oberen Fenstern der hinter der Kirche liegenden Häuser –, dann holt er tief Atem, bewegt murmelnd die Lippen, ein Stoßgebet vielleicht, und betritt in dem überwältigend in ihm aufquellenden Gefühl, das Rechte zu tun, durch das Seitenportal die Kirche.

Das Gefühl begleitet ihn auf seinem von niemand beobachteten Weg durch den gewaltigen, von mächtigen Pfeilern gegliederten Kirchenraum, beim Durchschreiten der Pforte zum Turm, die, wie er gehofft hat, offen ist, und weiter die endlose, schmale Wendeltreppe mit ihren ausgetretenen steinernen Stufen hinauf bis zum verschlos-

senen Türchen des Glockenstuhls. Aber da steckt der Schlüssel im Schloß, er kann ihn herausziehen, nachdem er geöffnet hat, und kann danach das Türchen von innen wieder verschließen. Gleich zweimal herum. Es besteht aus dickem, schwerem Eichenholz, selbst mit einem Rammbock wäre es nicht einzurennen, von Äxten oder dergleichen ganz zu schweigen.
Und nun ist er dort, von wo die Rettung des Engels, seines Engels, ihren Ausgang nehmen soll. Nun kann ihn niemand mehr daran hindern.
Ein Blick auf seine Armbanduhr, und ungesäumt macht er sich ans Werk, zieht die dicken Stränge der über ihm hängenden beiden Glocken einen nach dem anderen ein wenig hoch und verknotet sie mühsam um zwei Balken des Glockenstuhls. Niemand wird die Glocken zum Schwingen und Tönen bringen, solange sie so verankert sind. Dann setzt er sich so in eine Luke, daß er durch eine der Lücken im Steingeländer des schmalen Umgangs davor auf den Altmarkt hinuntersehen kann. Noch stehen ein paar Grüppchen vor dem Rathaus herum, winzig wie Bleisoldaten, ein paar Passanten sind zu sehen, sonst rührt sich nichts. Aber es wird nicht mehr lange dauern, bis sich was rührt . . .

Es dauert genau bis Schlag sechs Uhr nachmittags, dem Zeitpunkt des Vesperläutens. Zuerst ruckt und zuckt es an den Glockensträngen, ruckt

und zuckt von neuem, zum drittenmal, dann stolpert jemand keuchend die Wendeltreppe herauf und rüttelt an der verschlossenen Glockenstuhltür. Der Mesner sicher.
»Ist da wer drin?« krächzt er, nachdem er wieder zu Atem gekommen ist.
»Si . . . ja!« ruft Antonio zurück.
Eine Sekunde bleibt es draußen grabesstill, dann rüttelt es wieder an der Klinke und bummert gleich darauf gegen die Tür.
»Aufmachen!« brüllt der Mesner in höchster Wut. »Sofort öffnen! Die Glocken . . . Ich muß läuten!«
»No«, erklärt Antonio laut, doch ruhig. »La voce di Dio . . .« Aber wozu hat er es sich in der Wartezeit so schön auf Deutsch zurechtgelegt? ». . . die Stiimme Gottes«, fährt er fort, jedes Wort deutlich akzentuierend, »kann niischt spreken ieber eine Stadt, in der eine Enggel iist eingesperrt!«
Antonio ist vollauf zufrieden mit sich. Er hat mit Würde gesagt, was er in diesem Stadium hat sagen wollen, und es stört ihn nicht, daß der da draußen ihn wütig einen Verrückten, eine Ausgeburt der Hölle nennt, bevor er mit seinen benagelten Stiefeln wieder die Stufen hinunterklappert. Seine eigentliche Botschaft wird er erst preisgeben, wenn der Richtige kommt, der Pfarrer nämlich, der sie mit dem Gewicht seines hochwürdigen Amtes dem Sindaco, dem Bürgermeister, kundgeben soll.

Runde sechzig Meter tiefer blickt Hochwürden Hitzig in der Sakristei eben auf seine Uhr und sagt zu Eusebius Kappelberger, seinem Vikar: »Strempel läßt nach. Schon neun Minuten nach sechs ...«, als der Mesner ohne anzuklopfen krebsroten Gesichts hereinstürzt und völlig außer Atem von dem unglaublichen Geschehnis im Glockenstuhl berichtet.

»Ein Verrückter!« schließt er japsend. »Wer tät' denn sonst sowas!«

Fünf Minuten darauf ist Kappelberger unterwegs zum Glockenstuhl. Vorher hatten die beiden geistlichen Herren sich noch einmal genau wiederholen lassen, was der Mann da oben gesagt haben sollte, und sind dabei zu dem Schluß gekommen, daß der vom Mesner als Verrückter Titulierte wohl eher, wie Hochwürden Hitzig sich ausdrückt, ein naives Gotteskind sei, das sich in mißleiteter Frömmigkeit zur Verteidigung eines angeblichen Engels berufen gefühlt habe. Mit einem solchen sei aber zum Unterschied von einem Verrückten vernünftig zu reden, zumal wenn sich ein Priester dieser Aufgabe unterziehe. Er schlage deshalb vor, daß sich in Anbetracht seiner Jugend und der dreihundert zu ersteigenden Stufen zunächst einmal der Vikar hinaufbegebe, und wenn sich dann trotzdem noch die Notwendigkeit geistlichen Zuspruchs einer höheren Instanz ergebe – Hitzig seufzt –, könne er ja noch immer in Erscheinung treten und dem Mann ins Gewissen reden, falls sich Anzeichen eines solchen zeigten. Einstweilen aber, das ist für den Mesner bestimmt, dürfe von dem Vorkommnis nichts nach außen dringen.

Während Kappelberger sich in der Wendeltreppe gleichsam himmelwärts schraubt, sucht er in sich die nötige Festigkeit zu versammeln, die den Mann da oben überzeugen soll, von seinem Tun abzulassen, aber es ist nicht so einfach. Er kommt mehr als Pfarrer Hitzig bei den Leuten in der Stadt herum, er hat Frau Seidel auch oft genug selbstlos helfend bei der Arbeit gesehen und begreift, daß die, denen sie hilft, in ihr einen Engel sehen. Aber ist sie deswegen schon einer? Ist sie, wie die Theologie es will, ein von Gott geschaffener, mit Verstand und freiem Willen begabter, körperloser Geist? Nein, das letztere ist sie gewiß nicht. Aber ist das schon ein Beweis dagegen? Gott hatte vielerlei Möglichkeiten, seinen Geist in Erscheinung treten zu lassen, und vielleicht richtete er sich nicht nach den Theologen.

Kappelberger ist auf einem Bauernhof geboren, hat früh in der Wirtschaft zupacken müssen und gelernt, das Praktische über die Theorie zu stellen. Zuerst anpacken und dann darüber nachdenken, zuerst helfen und dann erst fragen, wem und warum. So hat er sein Amt auch immer als Dienst am Menschen aufgefaßt. Natürlich im rechten Glauben, das verstand sich von selbst, aber der Mensch kam zuerst.

Auch hier galt es vor allem, einem Menschen zu helfen, der sich zu Recht oder Unrecht in eine Idee und eine Situation verrannt hatte, aus der er allein vielleicht nicht herausfand. Was tat es schon, wenn einmal die Glocken nicht zur festgesetzten Stunde läuteten, aber wenn sich erst die Polizei mit ihren Paragraphen einmischte, konnte es für den Mann böse werden, zumal wenn er, wie der Mesner meinte, Ausländer war. Und dem Engel oder Nicht-Engel, wie man wollte, war gewiß nicht damit geholfen. Das würde er ihm in brüderlichem Geiste sagen, er war überzeugt, die rechten Worte zu finden, und dann würden sie gemeinsam hinuntersteigen.

Aber dann kommt es anders, ganz anders! Erstens ist es auch beim besten Willen schwierig, durch eine zolldicke geschlossene Tür, die jede vertrautere Kommunikation verbietet, Gespräche in brüderlichem Geist zu führen, und außerdem verrät der Mann keinerlei Gegenliebe. Brüderlich oder nicht, er will einfach nicht.

»Iisch weiß, Sie meinen gutt, Reverendo«, sagt Antonio hinter der Tür, »aber iisch hier niischt gehen fort, bis Polizia Enggel hat frei gelasst!«

Es klingt fest und unwiderruflich.

»Aber das kann lange, sehr lange dauern!« sucht Kappelberger den Mann zu schrecken.

Doch die erhoffte Wirkung bleibt aus.

»Iisch niischt glauben«, kommt es seelenruhig zurück. Antonio macht eine kleine Pause, und dann

folgt das, was Kappelberger wie ein heißer Schreck in die Seele fährt, ihm den Atem benimmt und Schweiß auf die Stirn treibt, obwohl es auf dem schmalen, zugigen Treppenabsatz alles andere als heiß ist:
»Wenn Enggel nicht frei bis morgen mezzogiorno, iisch springgen von Turm auf Platz, zu beweisen, daß Enggel wirklich Enggel ist!«
Einen Moment steht der Vikar starr wie Lots Weib, dann übermannt ihn heiliger Zorn, und er drischt mit beiden Fäusten gegen die Bohlen.
»Mach auf, Mann!« schreit er. »Laß ab davon! Weißt du nicht, daß Selbstmord Todsünde ist?«
Die Tür rührt sich nicht, sein Zorn, so heilig er ist, hat kein Wunder zuwege gebracht, er hört nur die ruhige, feste Stimme:
»Todsünde iist, niischt an Enggel glauben. Iisch weiß, Enggel wird miisch fanggen in Luft und wie schon einmal auf Wolke in Siischerheit bringgen!«

Zehntes Kapitel

Es war nicht nur ein unruhiger Tag, ein Ausnahmetag also, es wird auch eine in Maßen unruhige Nacht. Man braucht die historischen Perspektiven nicht gleich bis zurück zum Bauernkrieg zu bemühen, auch später haben unfreundliche Ereignisse das Städtchen zuweilen um seine Nachtruhe gebracht, aber so nachhaltig wie in dieser ist sie seit langem nicht mehr strapaziert worden. Nicht die aller, natürlich. Einige gibt es, die sich auch in dieser Nacht eines gesunden, ungestörten Schlummers erfreuen und von der großen Sensation erst beim Frühstück erfahren: der Nachtwächter der Bautischlerei, zum Beispiel, in der Antonio arbeitet, Frau Angela Seidel in ihrer Zelle und die meisten Vorstadtschläfer auch. Aber die anderen . . .

Das Ungewöhnliche nimmt damit seinen Anfang, daß Hochwürden Hitzig nach einer aus begreiflichem Grunde abgekürzten *hora canonica* um halb sieben mit dem Bürgermeister telefoniert, der sich eben schon zum Abendessen niedergelassen hat. Mauser läßt sich bei dieser angenehmen Verrichtung nur ungern stören, zumal ihn eine köstliche Schlachtschüssel mit weißgekochtem Sauerkraut, gelbem Erbsenmus und Kartoffelpüree erwartet, doch das, was Hochwürden ihm mit allen Anzeichen der Erregung andeutungsweise mitteilt, erscheint ihm doch so außerordentlich, daß er wiederum unverzüglich Kneisel anruft und ihn aus dringlichem Anlaß zu einer neuerlichen Lagebesprechung ins Rathaus bittet. Einmal Kneisel pro Tag ist zwar für seinen Bedarf mehr als reichlich genug, aber in diesem Fall geht's nun mal nicht anders.

Auf dem Altmarkt sind kaum noch Menschen zu sehen. Die Altersheimler sind mit ihrem Transparent längst abgerückt, um Kräfte für den morgigen Tag und ihren erneuten Auftritt zu sammeln, und auch bei den übrigen hat sich Mausers Erfahrungsgrundsatz bestätigt, daß sich Mahlzeiten hierzulande als ernstliche Hemmnisse selbst bei Revolutionen auswirken können. Die wenigen, die zurückgeblieben sind und zu Hause einen ungnädigen Empfang und eine erkaltete Abendsuppe zu gewärtigen haben, genießen dafür den Vorzug, etwas höchst Auffälliges mitzuerleben. Denn höchst auffällig ist es zweifellos, um diese späte Stunde gleich drei der Stadtoberen dem im gewohnten Abendfrieden versunkenen Rathaus zustreben zu sehen. Von St. Damian her naht Hochwürden Hitzig, vom Vikar Kappelberger gefolgt, vom nahen Neumarkt, ebenfalls zu Fuß, der Bürgermeister persönlich und schließlich per Fahrrad der in der Vorstadt hausende Polizeirat Kneisel.

Auffällig ist nicht nur ihr fast gleichzeitiges Erscheinen mit dem gleichen Ziel, nicht nur die ihnen trotz bemüht zur Schau getragener Gemessenheit anzumerkende Eile, sondern auch der Umstand, daß alle vier, bevor sie im Rathaus verschwinden, einen Moment auf der obersten Treppenstufe verharren, um einen verstohlenen Blick zum Glockenstuhl der St. Damianskirche hinaufzuwerfen.

Die wenigen Zeugen des verwunderlichen Vorgangs tun es ihnen nach, aber da oben ist nichts zu sehen, nicht das geringste, nur eben, daß die Glocken zur Vesperstunde geschwiegen haben. Merkwürdig, sehr merkwürdig das alles, und nicht der leiseste Hinweis, an den sich zu Hause mitteilenswerte Vermutungen knüpfen ließen . . .

Indessen haben sich die Herren im Amtszimmer des Bürgermeisters versammelt. Die geistlichen Herren lehnen den angebotenen Enzian aus Mausers Vorrat für bessere Besucher ab, die weltlichen hingegen genehmigen sich einen. Auf den Schreck hin und zur Entschädigung für das einstweilen entgangene Abendessen. Danach sagt Mauser:

»Dann legen Sie mal los mit Ihrer seltsamen Geschichte, Hochwürden.«

Hochwürden verweist auf den Vikar, der schließlich oben gewesen ist und aus unmittelbarem Erleben berichten kann.

Als Kappelberger geendet hat, ist die Betroffenheit im Raum förmlich mit Händen zu greifen. Kein Wunder. Die Angelegenheit ist so abenteuerlich, daß man sie erst einmal gründlich verdauen muß, bevor man daran gehen kann, zu ihrer Bewältigung einschlägige Erfahrungen zu Rate zu ziehen. Doch woher solche Erfahrungen nehmen? Wo hat es schon so Abenteuerliches gegeben? Einen Mann, der von einem Turm springen will, in der sicheren Erwartung, unterwegs von einem Engel aufgefangen zu werden?

»Ein Verrückter!« faßt Mauser als erster wie der Mesner seinen Eindruck zusammen.

Kneisel hat mehr den polizeilichen Gesichtspunkt im Blick.

»Ein Erpresser!« kontert er und sträubt grimmig die Brauen.

Der Vikar, der noch immer etwas von dem glühenden Schreck in sich spürt, der ihm auf dem Vorplatz des Glockenstuhls durch die Seele fuhr, will Einspruch erheben, aber Kneisel fährt schon rechthaberisch fort:

»Ein Erpresser, klar! Hat der Vikar mit seiner

Vermutung recht, daß es sich um einen Italiener handelt, ist es mit größter Wahrscheinlichkeit der von uns wegen Schaufenstereinbruchs gesuchte Mann, den Frau Seidel widerrechtlich aus Polizeigewahrsam befreit hat. Eine Art Geschäft auf Gegenseitigkeit also! Eine Hand wäscht die andere, sozusagen. Aber der Mann wird sich verrechnen!« Kneisel schmunzelt unerfreulich und sieht dabei wie ein Nußknacker aus. »Die Dame bleibt in Haft, jedenfalls bis zum Haftprüfungstermin vor dem Richter morgen nachmittag!«
»Und wenn er inzwischen springt?« fragt Mauser gereizt. Kneisel redet ihm sowieso schon zu lange. Der Mann hat offenbar vergessen, wer hier die Verhandlung leitet.
»Tut er nicht!« Der Polizeirat gibt sich allwissend. »Der wird sich hüten. Solche Leute drohen nur, und wenn nichts erfolgt, verschieben sie ihre Ultimaten. Darauf fress' ich einen Besen!«
»Guten Appetit!« sagt Mauser und wendet sich an den Vikar: »Denken Sie auch so? Sie haben doch mit ihm gesprochen.«
Kappelberger horcht in sich hinein, horcht auf die Stimme des Mannes hinter der Tür, die noch deutlich in ihm nachklingt, und obwohl er Kneisels der Praxis des Alltags entstammender zynischer Logik zustimmen möchte, drängt ihn eine immer stärker werdende innere Gewißheit, zu sagen:
»Nein. Ich . . . ich fürchte, er springt.«

»Lächerlich!« fällt Kneisel ein. »Der Mann . . .«

Der Bürgermeister bringt ihn mit wedelnder Hand zum Schweigen. Und wieder zum Vikar gewandt:

»Weil er an den Engel glaubt?«

Bricht irgendwo jäh Stille aus, heißt es, ein Engel gehe durchs Zimmer; hier tut er's. Kappelberger meint, es deutlich zu hören. Er nickt.

»Ja. Weil er an den Engel glaubt!«

»Und Sie?« fragt Mauser.

Der Vikar hält dem neugierigen Blick des Bürgermeisters stand, nur die kräftige Tönung seines jungen, bäuerlichen Gesichts wird noch um eine Spur röter, während er entgegnet:

»Augustinus schreibt, der Glaube gehe der Vernunft voraus, und der Prophet Jesajas sagt: Wenn ihr nicht glaubet, so werdet ihr nicht einsehen.«

»Hm«, meint Mauser. »Mit anderen Worten: Sie glauben auch. Und was hat Hochwürden dazu zu sagen?«

Hitzig kommt nicht gleich dazu, sich zu äußern. Kneisels knochige Finger haben auf seiner Sessellehne ungeduldig Generalmarsch getrommelt. Er ist zu einer dringenden Lagebesprechung gerufen worden, stattdessen ist dauernd von Kirchenvätern, Propheten und vor allem von Engeln die Rede, und mit Engeln hat er in seinem Amt nichts zu schaffen. Er kennt nur vorbestrafte und nicht vorbestrafte, aktenkundig gewordene und ehrsame Bürger. Hier hat man es mit einem Erpresser

und einer zu Recht inhaftierten Frauensperson zu tun, ein klarer Fall, an dem nicht zu rütteln ist. Ob man es glaubt oder nicht, ist unerheblich. Schwafelei ist das alles. Kein Wunder bei diesem Bürgermeister, dem es wie immer an Ernst und festen Grundsätzen fehlt. Aber jetzt will der angesammelte Groll endlich heraus:
»Wo sind wir hier eigentlich? In der Bibelstunde . . .?«
»Moment!« mahnt Mauser. »In Glaubensfragen ist die Polizei unzuständig. Lassen Sie erst Hochwürden zu Worte kommen.«
Hitzig blinzelt ein wenig verwirrt, bevor er sich räuspert und mit einem feinen Lächeln erklärt:
»Augustinus schreibt auch, daß das bißchen Vernunft, das uns angesichts gewisser, noch unbegreiflicher erhabener Dinge den Vorrang des Glaubens vor der Vernunft lehre, wiederum notwendigerweise dem Glauben vorausgehe. Im übrigen gehört es zu Gottes Geboten, daß der Mensch das Seine dazu tue, wenn er die Hilfe des Herrn erwartet!«
»Ein kluger Mann, dieser Augustinus«, bemerkt Mauser anerkennend. »Auch ein Bürgermeister kann von ihm lernen. Lassen wir also das bißchen Vernunft walten, das dem Glauben vorausgeht, und gehen wir dazu über, das Unsere zu tun, falls das Wunder nicht eintrifft.«
Die geistlichen Herren haben somit das Ihre getan, jetzt sind die weltlichen an der Reihe. Kneisel

bleibt zwar störrisch dabei, daß der Erpresser keinesfalls springen werde, aber da von Engeln nicht mehr die Rede ist, findet er sich mürrisch bereit, über Absperrungsmöglichkeiten, Einsatz der Freiwilligen Feuerwehr und praktische Maßnahmen zu verhandeln, die geeignet sein könnten, sich des Unruhestifters da oben noch während der Nacht zu bemächtigen.

Die Feuerwehrleitern am Ort sind bedauerlicherweise für Türme zu kurz, auch in der näheren Umgebung ist keine längere aufzutreiben, mit normalem Werkzeug ist der Bohlentür des Glokkenstuhls nicht beizukommen, schon deshalb nicht, weil der schmale Vorplatz nicht einmal Raum genug bietet, mit einer Axt auszuholen, und Kneisels Vorschlag, die Tür mit einer sparsam bemessenen Ladung Dynamit aufzusprengen, wird von Hochwürden Hitzig entrüstet als Kirchenschändung zurückgewiesen. Bleibt also nur, den Schlosser zu holen, und wenn es dem nicht gelingt, muß morgen Vormittag die Freiwillige Feuerwehr mit einem strapazierfähigen Sprungtuch aufmarschieren, um notfalls dem Wunder nachzuhelfen.

Eine Stunde später ist das Nötige besprochen und in die Wege geleitet, übernimmt der aus häuslicher Ruhestellung herbeizitierte Hundlinger persönlich die Wache im Revier, wird Wachtmeister Sedlmeier in Marsch gesetzt, um den Schlosser zu alarmieren, auf den Turm zu geleiten und, falls das Öffnen der Tür gelingt, alsbald zur Verhaftung des Italieners zu schreiten, erhält schließlich der ebenfalls seinem Gartenfrieden entrissene Gerstl den Auftrag, die telefonisch nicht erreichbaren freiwilligen Feuerwehrleute zu ihrem eventuellen morgigen Einsatz zu bestellen – alles natürlich unter dem Siegel tiefster Verschwiegenheit.

»Denn«, sagt Mauser, bevor sich die Herren nach einem weiteren, diesmal von allen vieren zur Brust genommenen Enzian trennen, »wir können auf dem Altmarkt morgen keine Volksversammlung brauchen. Je weniger über die Sache geredet wird, desto besser!«

Mausers Mahnung zur Verschwiegenheit kommt zu dieser Stunde schon zu spät. Ein einzelner kann möglicherweise ein Geheimnis wahren, bei zweien wird es schon schwieriger, teilen es mehr als fünf, ist es mit dem Geheimnis vorbei. Mindestens einer von ihnen erzählt es garantiert unter dem Siegel strengster Verschwiegenheit weiter, und es kommt nur auf die mehr oder weniger verschnörkelten Umwege an, wie lange es dauert, bis es ihm, selbstverständlich hinter vorgehaltener Hand und nach Mahnung zu strengster Verschwiegenheit – »Hand drauf! Kein Wort zu jemand anders!« –, wieder zurückerzählt wird. So ist das nun mal. Es ist menschlich, und Menschliches läßt sich bekanntlich nicht ändern.

Der Sündenbock ist in diesem Fall der Mesner. Nicht aus Leichtfertigkeit, das gewiß nicht – Hochwürden hat ihn zur Verschwiegenheit ermahnt, und Strempel ist ein ordentlicher, verläßlicher Mann –, sondern mehr durch eine Verkettung zwingender Umstände. Es gibt sowas, man kann ihnen einfach nicht ausweichen.

Die Umstände beginnen damit, daß sich die Aufregung über den Vorgang auf dem Turm Strempel auf den Magen schlägt. Pfefferminztee, sagt man, sei als Sänftigungsmittel bestens geeignet, aber der ist ihm für den ausgestandenen Schreck zu labbrig, und ihn verlangt nach einem stärkeren Tröster, einem Gläschen klaren Kirschs, zum Beispiel. Die Flasche daheim im Schrank ist leer, Umstand Nummer zwei, was ihn veranlaßt, den Gasthof zum Adler aufzusuchen. Nur auf die Schnelle selbstverständlich, nur auf einen Schluck aus sozusagen medizinischen Gründen.

Im »Adler« ist ungewohnterweise schon um diese frühe, eigentlich der häuslichen Abendmahlzeit gewidmeten Stunde Hochbetrieb. Der Tag ist stürmisch verlaufen, und die Ereignisse wollen in größerer Runde besprochen werden. Dazu gehört auch die befremdliche Tatsache, daß die Glocken von St. Damian zur Vesperstunde geschwiegen und den Ladenschluß durcheinandergebracht haben.

Der Mesner wäre sonst kaum beachtet worden.

Jetzt kommt er gerade recht, um diese Frage zu beantworten, doch er tut's nicht. Er bestellt sich einen Kirsch, bleibt gleich an der Theke stehen und schweigt sich aus. Man weiß, daß er nicht gerade zu den überschwenglich mitteilsamen Typen gehört, er ist mehr einer von der wortkargen Sorte, die lieber zuhört als selbst ihr Mundwerk betätigt, aber daß er sich so stur gibt und dabei immer mürrischer und abweisender wird, ist auffallend. Deshalb fragen sie nur noch mehr, lassen ihn nicht gehen, bohren immer beharrlicher, bis er schließlich das ewige »Ich weiß nicht! Ich weiß doch nichts!« satt hat und mit käseweißem Gesicht schreit: »Weil da oben einer sitzt und nicht läuten läßt! Und jetzt rutscht mir den Buckel runter!« Und dann stürzt er durch die Hintertür raus, ohne den Kirsch zu bezahlen, als sei der Leibhaftige hinter ihm her.

Die erste Hälfte des Geheimnisses ist damit öffentlich geworden, aber für die zweite, die wichtigste, besteht noch immer Aussicht, eins zu bleiben, denn die in den Turm führende Pforte in der Kirche ist wohlweislich fest verschlossen und brächte jeden privaten Versuch, etwa nach dem Wieso und Warum der rätselhaften Äußerung des Mesners zu forschen, schon dreihundert Stufen unter dem Ziel zum Scheitern. Doch da kommt nun der letzte, der entscheidende zwingende Umstand in Gestalt Gottlieb Wägeles ins Spiel.

Er betritt nämlich in fast demselben Moment den

»Adler« durch die Vordertür, in dem der Mesner durch die rückwärtige flüchtet, er hat Strempels Worte gerade noch mitgekriegt, und in seiner Spürnase beginnt es zu kribbeln. Für die Extraausgabe ist es natürlich zu spät, die wird schon auf den Straßen und in den Kneipen den Verkäufern förmlich aus den Händen gerissen, weil jeder wissen will, was ihm vielleicht entgangen oder ob er gar selbst als Mitwirkender mit Namen gedruckt worden ist, aber morgen ist auch noch ein Tag, und warum sollte sich hinter dem, was der Mesner verlauten ließ, nicht wiederum Sensationelles verstecken? »Da sitzt einer, der nicht läuten läßt ...« Wägele hat einen reichlich gefüllten Arbeitstag hinter sich, aber das Kribbeln duldet keinen Aufschub. Er dreht sich auf den Hacken um ...

Draußen ist von Strempel nichts mehr zu sehen. Auch in seiner Wohnung hinter der Kirche ist er nicht. Schließlich entdeckt er ihn in der Kirche selbst, eine schattenhafte, dunkle Gestalt im dunkelsten Winkel des Seitenschiffs. Er hockt auf der obersten der drei Stufen, die zur Turmpforte führen, als müsse er sie bewachen.

Wägele mag noch jung an Jahren sein, aber für den Umgang mit Menschen hat er Gespür wie ein erfahrener Beichtvater. Diesem da, das merkt er, darf er nicht mit direkten Fragen kommen. Wenn der überhaupt redet, dann nur, weil er was loswerden, mit sich ins Reine kommen will. Also hockt er sich neben ihn, fängt ganz harmlos an und steuert erst nach einer ganzen Weile von hintenrum vorsichtig seinem Ziel zu. Die Leute, meint er, seien manchmal wirklich recht lästig. Sie müßten doch merken, wenn jemand über etwas nicht reden will.

»Oder nicht darf!« ergänzt der Mesner. Daß da jemand an seinem Kummer teilnimmt, wärmt ihm das Herz.

»Und wenn man nicht darf«, fällt der junge Mann ein, »darf man eben nicht. Es wird schon einen wichtigen Grund dafür geben.«

»Und ob!« sagt der Mesner, dankbar für die verständnisvolle Seele neben ihm im Kirchendämmer. Er hat hier ganz allein gesessen, hat allein mit seiner Schuld gerungen, und nun ist da jemand, mit dem er wenigstens reden kann.

»Und ob!« wiederholt er und nickt dazu mit dem dicken Schädel, über dessel bleichblanke Glatzenwölbung der Widerschein der Kerzenflämmchen aus der nächsten Kapelle huscht. »Wenn die wüßten, warum . . . ha!«

Ein einsamer, trostloser Lacher, dann verstummt er.

Wägele reibt sich die Nase, um das Kribbeln zu dämpfen. Dann versucht er, den ins Stocken geratenen Redefluß Strempels wieder in Schwung zu bringen.

»Wenn die wüßten, würden die bestimmt staunen, was? Kann ich mir denken.«

»Nicht bloß staunen«, kündet Strempel düster. »Jetzt schon würden die sich auf den Altmarkt stellen, um für morgen mittag die besten Plätze zu kriegen!«

Wägele spürt, er ist dicht vorm Ziel. Nur noch ein kleiner, geschickter Stupser in die richtige Richtung, dann hat er ihn, wo er ihn haben will.

Er braucht es nicht einmal selbst zu tun. Das Erinnern des Ungeheuerlichen, das da passieren soll, genügt, es in der friedlichen Seele des Mesners so übermächtig werden zu lassen, daß es heraus muß. Er kann nicht dagegen an. Es redet aus ihm, ein sich überstürzendes Murmeln im tiefer werdenden Kirchendunkel, das den andern, den Zuhörer, völlig verschluckt, so daß es zu einem Selbstgespräch wird, und was wäre gegen Selbstgespräche schon einzuwenden?

Wägele begreift, was da vorgeht, und tut, als sei er gar nicht vorhanden, ist nur ganz Ohr. Und erst, als das rauhe Gemurmel schließlich versiegt, erkundigt er sich harmlos:

»Haben Sie eben was gesagt? Mir war so. Na ja, ich weiß schon, Sie dürfen ja nicht.«

Dann springt er auf, weil's ihm jetzt nicht nur in der Nase, sondern schon in den Fingern gewaltig kribbelt, und schließt:

»Ich jedenfalls hab' nichts von Ihnen erfahren!«

Wägele hat an diesem Abend im »Adler« eigentlich an den schon flott angeknüpften Beziehungen

zu der hübschen Bedienung, der Annelies, weiterknüpfen wollen, um den Erfolg dieses Tages zu feiern – freilich erst nach der Polizeistunde und in ihrem Kämmerchen neben dem Trockenboden unter dem Dach –, aber Privat-Menschliches hat nun einmal vor den Erfordernissen der Karriere zurückzutreten. Und Wägele weiß, als er eilig den Marktplatz quert und die erhellten Fenster des Mauserschen Amtszimmers registriert, hinter denen die vier versammelten Herren noch die zuvörderst einzuschlagenden Schritte beraten, daß dieser Tag, den er vor einer Stunde noch für den Höhepunkt seiner beruflichen Laufbahn gehalten hat, nur ein bescheidenes Vorspiel gewesen ist. Ein eingesperrter Engel, für den ein paar hundert Leute zu Felde ziehen, hat Neuigkeitswert, gewiß, aber ein Mann, der von einem Turm springen will, um zu beweisen, daß der Engel wirklich ein Engel ist, das reißt selbst den abgebrühtesten Zeitungsleser vom Stuhl, nicht nur hier, nicht nur in der Hauptstadt, sondern überall in der Welt!
Trotz der kurzen Nacht und des langen Tages ist Wägele hellwach, wacher, als er je gewesen ist. Man merkt es daran, daß er falsch vor sich hin pfeift, während er der Redaktion zuhastet. Das Pfeifen ist ein unbewußtes Nebenprodukt emsiger Denktätigkeit, und zur Redaktion will er, weil ihm da ein Telefon zur Verfügung steht. Der Mann auf dem Turm oben hat rücksichtsvollerweise seinen Sprung auf morgen mittag zwölf

Uhr angesetzt – »mezzogiorno« hat er gesagt, also ist es der Italiener, mit dem Wägele schon Bekanntschaft geschlossen hat, ein Verrückter, ein Engel-Fanatiker, der bestimmt nicht im letzten Augenblick kneifen und die sprunglüsterne Öffentlichkeit schnöde enttäuschen wird –, Zeit genug also, um Presse und Fernsehen zu mobilisieren und zum Ort des Geschehens kommen zu lassen. Und in ihrem Gefolge den Ruhm, der ab morgen den Namen Wägele hell umstrahlen wird: Wägele, der Mann mit der goldenen Nachrichtennase, der Mann, der die Sensation des Jahres kreiert hat! Seine Tage in Zumpelshausen sind, kein Zweifel, gezählt. Mit Wirtshausprügeleien, Bullenkörungen und dergleichen Kleinkram, an den er sein Genie verschwendete, ist es endgültig vorbei. Nächste Woche vielleicht schon wird er in Frankfurt oder München sein, in Bonn oder Berlin, in Paris oder Rom. Ihm schwindelt ein wenig, und vor Aufregung bleibt ihm der Atem zum Pfeifen weg.

Als Bürgermeister Mauser in seinem Zimmer zum Abschluß noch einmal zur Verschwiegenheit mahnt, beginnt Wägele eben zu telefonieren, macht sich Sedlmeier auf den Weg zum Schlosser, um den verstörten Mann gleich darauf zur St. Damianskirche zu eskortieren, macht Gerstl bei den freiwilligen Feuerwehrmännern die Runde, und überall bleiben unbeantwortete Fragen zurück, verbinden sich mit gewissen Beobachtungen, wuchern Gerüchte, verdichten sich zu Vermutungen, lassen die braven Bürger nicht zur Ruhe kommen. Irgend etwas ist im Gange, man weiß nur nicht, was, und wenn man es wüßte, wär's auch nicht besser. Wie gesagt, es wird für viele eine unruhige Nacht ...

Antonio ahnt nichts davon, und wenn er es ahnte, kümmerte es ihn nicht. Er schwebt sozusagen über den Dingen, bildlich wie in Wirklichkeit. Dem Himmel nahe, allem Irdischen entrückt. Oder fast allem, denn sein Magenknurren hat noch recht irdischen Klang. Aber da sind zum Glück die vorsorglich mitgenommenen Wurststullen der Witwe Knopf, um diesem Mißstand abzuhelfen.

Über das, was morgen geschehen wird, macht er sich keine Gedanken, es ist selbstverständlich. Falls man den Engel nicht freiläßt, wird er srpingen, und der Engel wird ihn im Fallen auffangen, sicher zur Erde geleiten und damit seine himmlische Herkunft beweisen. Es ist so sicher wie das Amen in der Kirche. Die Frage, warum der Engel sich nicht selbst befreit, hat er schon in das Geheimnis um ihn eingewoben. Er wird schon wissen, warum. Mit schlichtem Menschendenken dringt man in solcherlei Mysterien nicht ein. Und auf alle Fälle gibt er ihm, Antonio, dadurch endlich Gelegenheit, ihm den längst fälligen Dank abzustatten.

Einen Moment sinnt er nun doch darüber nach, und dabei befällt ihn unversehens der verrückte, total unmögliche Gedanke, daß das alles vielleicht nur seinetwegen geschehe, daß er auf die Probe gestellt werden solle, er allein für alle andern, ob sie der Gegenwart eines Engels in ihrer Mitte würdig seien. Nur einen winzigen, glühheißen Augenblick, dann ist es schon wieder wie weggeblasen, und er muß lachen. Er, der Gastarbeiter Antonio Guzzi aus Castellano, ein Auserwählter? Nein, ausgeschlossen. Einer, der sich im Spiel das sauer verdiente Geld für die Familie zu Hause abknöpfen läßt und dann nicht mehr allein nach Hause findet, ist kein Auserwählter. Er ist ein einfacher Mann und nur deshalb nicht irgendeiner, weil er einen Engel gesehen hat und Zeugnis davon ablegen will.
Er beugt sich auf seinem harten Platz unter den stumm gewordenen Glocken ein wenig vor, sieht durch die Schallöffnung auf das Rathaus hinunter, in dem noch ein paar Fenster hell sind und sich irgendwo sein Engel befindet, vorläufig noch, gewiß nicht mehr lange, und friedliche Heiterkeit erfüllt sein Herz.

Florian ist von solch glücklicher Gemütsverfassung weit entfernt. Jenseits des Altmarkts, im ersten Stock des Eckhauses der Marktgasse, treibt es ihn im Wohnzimmer auf und ab. Seit Stunden schon. Zwischendurch ist er in die Küche gegan-

gen, hat sich irgendwas zum Essen zurechtgemacht, hat den Teller mit ins Zimmer genommen und ihn auf dem Tisch vergessen.
Während des Dienstes hat er sich verbissen gegen die Außenwelt abgekapselt, hat ohne nach rechts oder links zu sehen seine Pflicht getan, ist hinterher, ebenfalls aus Pflichtgefühl, bei Angela in der Zelle erschienen, um nach ihrem Befinden zu fragen, und ist schließlich heilfroh gewesen, sich ihrem lächelnden, forschend-mitleidigen Blick entziehen zu können, als Hundlinger das Ende der Besuchszeit verkündete.
Danach ist er nicht über den Markt, sondern durch allerlei Gäßchen nach Hause geschlichen, hat sich mit dem inzwischen vom Schlosser gefertigten Schlüssel nach kurzem Lauschen aufwärts zum Oberstock mucksmäuschenleise die Wohnung geöffnet und die Tür sofort wieder ebenso leise verriegelt. Er ist gerettet! Niemand kann ihn hier aufstöbern, niemand stören. Auch wenn gewisse leichte, schnelle Schritte wie gestern abend die Treppe heraufkommen sollten, wenn es vorsichtig klopfen oder gar klingeln sollte, wird er nicht öffnen. Er ist nicht da, ist verreist, von ihm aus gestorben. Er muß allein sein, allein erst mit seinem schlechten Gewissen ins reine kommen, bevor er wieder jemand ins Gesicht sehen kann.
Und so treibt es ihn um den Wohnzimmertisch, Runde um Runde. Nur als es dann wirklich draußen klopft und gleich darauf auch noch klingelt,

wurzelt er auf dem Teppich fest, bleibt er stocksteif stehen, zwängt einen gerade fälligen Huster in die Kehle zurück, hält sogar den Atem an, bis er in der Wohnung über sich Schritte hört, Teresas ... nein, jetzt wieder Frau Hugendubels Schritte, und er, fürs erste vor Störungen sicher, zu seinem schlechten Gewissen zurückkehren kann.
Wieso hat er eigentlich eins? Angela ist doch an allem schuld! Hätte sie damals den Mann nicht in die Wohnung und später aus der Zelle geholt, wäre das alles gar nicht passiert, hätte der Bürgermeister nicht von Trennung geredet, hätte er vor Aufregung nicht den Schlüssel vergessen und einen Stock höher übernachten müssen. Schließlich konnte sie von ihm nicht verlangen, daß er auf der Treppe kampierte, und daß die Couch dann zu kurz gewesen ist und er ... Nein, seine Schuld war es nicht, er hat es ganz bestimmt nicht gewollt, aber ... Hundertmal betet er es sich vor, und es klingt immer fadenscheiniger.
Also hat er doch ein schlechtes Gewissen zu haben! Hätte er nämlich den Mann nicht durch die Polizei abholen, sondern seinen Rausch in der Kammer ausschlafen lassen, wäre überhaupt nichts geschehen, hätte der Bürgermeister sich nicht in seine ehelichen Angelegenheiten gemischt, hätte er ruhig den Schlüssel vergessen und trotzdem in seinem Bett übernachten können, denn Angela wäre ja statt in der Zelle zu

Hause gewesen. Es kam eben ganz darauf an, wo man mit der Kette von »wäre« und »hätte« begann. Oder kam es gar nicht auf den Anfang, sondern nur auf das Ende an?

Er kennt sich nicht mehr in sich aus. Das Ende ... Gestern abend noch ist ihm Teresa ... nein, Frau Hugendubel als eine Art Trösterin in abgrundtiefer Verlassenheit erschienen, heute erscheint sie ihm als abgefeimte Versucherin, die ihn mit List und Tücke vom Pfade der Tugend fortgelockt hat. Aber auch das ist nicht richtig. Er hätte sich ja nicht fortlocken lassen müssen! Mildernde Umstände gab es, gewiß, nur reichten sie zum Freispruch nicht aus. Nein, er ist schuld, und dieses Klarheit schaffende Eingeständnis befähigt ihn endlich zu erkennen, wie schäbig er sich überhaupt und zum Schluß noch bei seinem Besuch bei Angela in der Zelle benommen hat. Statt ihr zu zeigen, daß sie auf ihn zählen kann, daß er unverbrüchlich zu ihr steht, hat er belangloses Zeug geschwatzt und beklommen ihren Blick vermieden.

Und plötzlich weiß er, was er zu tun hat, jetzt sofort, ohne Aufschub: einen Brief an den Bürgermeister zu schreiben, zu erklären, daß er an Trennung nicht denke, selbst wenn er sein weiteres Fortkommen damit aufs Spiel setze, da er von der Schuldlosigkeit seiner Frau überzeugt sei. Wenn von Schuld überhaupt die Rede sein könne, liege sie bei ihm.

Irgendwann klopft und klingelt es noch einmal an der Tür, aber er hebt nicht mal den Kopf. Er ist beschäftigt ...

Antonio und Florian, beide in selbstgewählter Einsamkeit mit sich und ihren Gedanken zu Gange, der eine zufrieden, der andere höchst unzufrieden, wissen nichts voneinander und sind doch auf geheimnisvolle Weise miteinander verbunden, denn beider Gedanken kreisen zu dieser nächtlichen Stunde um einen Punkt, der ungefähr gleich weit vom einen wie vom anderen entfernt ist: um die schmale Zelle, in der Angela auf ihrer Pritsche liegt und schläft. Sie scheint zu träumen, denn um ihren mädchenhaften Mund liegt die Andeutung eines Lächelns. Wem es gilt – wer kann es wissen? Aber vielleicht sagt es etwas, daß sie im Schlaf ihre Hand ausstreckt, als suche sie jemand neben sich ...

Elftes Kapitel

Sonst beginnt jeder Tag außer Sonntag für Antonio damit, daß ihn das hartnäckige Klopfen der Witwe Knopf an seiner Kammertür vom Kopfkissen hochscheucht; diesmal ist es anders.

Er hat zwar auch in dieser Nacht in der ungewohnten Umgebung und auf dem harten Bretterboden wie auf dem sprichwörtlichen sanften Ruhekissen eines guten Gewissens geschlafen, aber er ist erst spät dazu gekommen, denn das erfolglose Gewerkel des Schlossers an der Glockenstuhltür und Sedlmeiers ebenso vergebliche Versuche, mit der geballten Wucht seines gegen die Bohlen geschmetterten stattlichen Körpergewichts die Tür aufzubrechen, haben ihn länger als sonst wachgehalten. So schläft er nun auch länger als sonst, und statt von der Witwe Knopf wird er von Hochwürden Hitzig persönlich geweckt.

Hitzig hat der Gedanke an den Mann da oben im

Turm, der am nächsten Mittag Gott versuchen will, keine Ruhe gelassen. Er hat sich, was er dem Mann sagen und womit er ihm sein frevlerisches Vorhaben ausreden will, in den langen, schlaflosen Stunden der Nacht Wort für Wort zurechtgelegt, hat sein Bestes getan, überzeugende Worte dafür zu finden, und schließlich, den Anstieg über dreihundert Stufen vor Augen, sogar die übermächtig werdende Verlockung in den Wind geschlagen, den um so viel jüngeren Vikar noch einmal mit dieser Aufgabe zu betrauen.

Aber nun, da er schnaufend vor der schmalen Tür zum Glockenstuhl steht, will ihm das Überzeugen nicht gelingen. Die Stimme des Mannes hinter der Tür klingt bei allem Respekt vor dem geistlichen Herrn, der sich zu ihm heraufbemüht hat, so ruhig, so sicher im Vertrauen auf die gerechte Hilfe des Himmels, daß ihm seine eigene Rede wie das Klingeln einer blechernen Schelle vorkommen will. Und eine Stelle aus den Korintherbriefen fällt ihm ein: Wenn ich mit Engelszungen redete und hätte der Liebe nicht, wäre ich ein tönend Erz oder eine . . . ja, eine klingende Schelle! War ihm etwa die rechte Liebe abhanden gekommen, fehlte sie ihm für den Mann dort drinnen? Hatte ihn nur die Pflicht seines Amtes heraufgetrieben?

Hochwürden Hitzig ist nicht mehr daran gewöhnt, an sich zu zweifeln. Zu lange schon übt er sein Amt mit der gewohnheitsmäßigen Umsicht eines guten Hausvaters aus, der auf die vorgeschriebene Ordnung in Haus und Familie hält. Niemals mehr sind ihm Zweifel gekommen, daß das nicht genug sein könne. Niemals bis zu diesem Augenblick, in dem er hilflos vor der Gewißheit dieses Mannes steht. Und unversehens kommt ihm ein anderes Wort der Korintherbriefe in den Sinn: Denn unser Wissen ist Stückwerk, und unser Weissagen ist Stückwerk, heißt es da. Ist der da drinnen in seinem Glauben etwa der vollkommenen Gewißheit näher als er, der sein ganzes Leben dem Erkennen geweiht hat?

Seufzend tritt er den Rückweg an, zum Glück jetzt abwärts, seufzend schüttelt er das weiße Haupt, als Kneisel, der auf dem Weg zum Dienst hereinschaut, ihn unten mißtrauisch fragt, ob er Erfolg gehabt habe.

Wahrscheinlich, meint Kneisel tadelnd und sträubt die Brauen, sei er nur nicht energisch genug gewesen. Fraktur müsse man mit derlei Burschen reden, nur das führe zum Ziel. Und um es ihm gleich vorzuexerzieren, steigt auch er hinauf, Fraktur in der Kehle, und kehrt ebenso ohne Ergebnis zurück. Ein ganz Hartgesottener sei das, knurrt er. Immerhin habe er ihm klar gemacht, daß man seiner erpresserischen Forderung keinesfalls nachgeben werde. Der Haftprüfungstermin finde erst nachmittags statt, und daß die fragliche Person dann die Freiheit wiedererlange, sei höchst zweifelhaft. Aber eins sei sicher. Und Kneisel lächelt den Versammelten reihum grimmig zu. Spätestens fünf Minuten vor zwölf werde der Kerl sein Ultimatum verlängern. Darauf ...

... fresse er einen Besen, ergänzt der inzwischen gleichfalls eingetroffene Mauser, keineswegs überzeugt, und begibt sich seinerseits auf den Weg nach oben: Ein letzter Versuch mit diplomatischen Mitteln, nachdem die himmlischen und die allzu irdischen nicht verfingen.

Antonio ist so hohen Besuch nicht gewöhnt. Bisher haben sich nur untere Polizeiorgane für ihn interessiert. Heute morgen aber war's zuerst Hochwürden, dann der Polizeichef, und nun ist es gar der Sindaco, der Bürgermeister persönlich. Er möchte gern gefällig sein, möchte der Amtsperson gern die schuldige Reverenz erweisen, aber er weiß, wenn er die Tür erst einmal öffnet, wird es schwierig sein, sie wieder zu schließen, respektvoll schon gar nicht, also bleibt sie besser geschlossen. Später wird er sich in aller Form für diesen Mangel an Höflichkeit entschuldigen.

Die Situation bleibt also, wie sie ist, die nötigen Vorkehrungen müssen getroffen, die Freiwillige Feuerwehr muß alarmiert, der Platz um den Turm abgesperrt werden. Darin sind sich die wiederum vollzählig im Kirchenraum versammelten Herren einig. Zu hoffen bleibt nur, daß die Angelegenheit, falls Kneisels Voraussage nicht eintreffen sollte, dank der allseits empfohlenen Verschwiegenheit möglichst unauffällig vonstatten geht. Doch als Mauser die Kirche verläßt, ist das erste, was ihm ins Blickfeld gerät, etwas in Zumpelshausen bisher nie Dagewesenes, Einmaliges: Mitten auf dem Altmarkt ist ein Bus angefahren, aus dem von geschäftigen jungen Männern Podeste, Kabelrollen und Fernsehkameras ausgeladen werden.

In solchen Situationen zeigt sich's, was ein Mann wert ist. Manche gehen wie Raketen in die Luft, andere stecken den Kopf in den Sand und wollen von nichts wissen, und wieder andere nehmen mit Fassung zur Kenntnis und versuchen, das Beste daraus zu machen. Kneisel gehört zur Raketensorte, Mauser zu der letzteren. Infolgedessen steuert er auf kurzen Beinchen dem Autobus zu, bekommt den Mann am Hemdsärmel zu fassen, den er für den Boß hält, weil er am wenigsten tut und am lautesten brüllt, und erkundigt sich nach dem Wieso und Warum. Die Unterredung währt nicht lange, das legitime Interesse der Öffentlichkeit an einem so spektakulären Ereignis ist nicht zu bestreiten, und das Beste, was sich daraus machen läßt, ist ein von Mauser gern gewährtes, dem Bildbericht voranzustellendes Interview des Bürgermeisters über die Vorgeschichte des Falles.

Im Fernsehen zu erscheinen, ist in jeder Hinsicht von Vorteil. Man wird bekannt, tritt aus der Anonymität des provinziellen Kommunalpotentaten heraus auf die große politische Szene, auf der sonst nur Kanzler, Ministerpräsidenten und sonstige prominente Zeitgenossen paradieren, es ist eine Art Ritterschlag, der für größere Aufgaben im Rampenlicht des Jahrhunderts empfiehlt. Andererseits beinhaltet es gewisse Verantwortlichkeiten sich selbst gegenüber. Der große Augenblick soll einen ja nicht unvorbereitet finden, und so begibt sich Mauser schleunigst nach Hause, um sich zur Vorsicht ein zweites Mal zu rasieren und überhaupt fotogener herauszustaffieren: nicht die lockere Trachtenjoppe, lieber etwas Offizielleres, Dunkles, das hebt, und statt sommerlich bloßen Halses eine markant gestreifte Krawatte. Frau Mauser mahnt, nicht aus Versehen das Ohrlöffelchen aus der Weste zu ziehen und gibt hilfsbereit noch ein Rüchlein Eau de Cologne hinzu. Man sieht's zwar nicht auf dem Bildschirm, aber es macht einen frischen Eindruck.

Als er zum Rathaus zurückstrebt – das Interview soll in seinem Amtszimmer steigen, bei geöffnetem Fenster, im Hintergrund ragend der St. Damiansturm –, hat sich der außer an Markttagen gewohnte morgendlich-friedliche Anblick des Altmarkts schon beträchtlich verändert. Die umlaufenden Gerüchte haben ihre Wirkung getan, die Anwesenheit der Fernsehleute bestätigt, daß Großes im Gange ist, Bus und Kamerapodeste sind zu Inseln in einem ständig sich weitenden Menschentümpel geworden. Außerdem hat Kneisel die Umgebung des Turms bereits absperren lassen, und auf den Steinbänken am Fuße der Turmmauern sitzen fünfzehn speziell ausgesuchte stämmige Herren, Mitglieder der Freiwilligen Feuerwehr und des Turnvereins, das noch zusammengerollte Sprungtuch vor sich, und lassen fleißig die Bierflaschen kreisen, um sich für ihre bevorstehende außergewöhnliche Bewährung zu rüsten.

Auch das, um was es sich bei alldem eigentlich in Wirklichkeit handelt, wird nun von aufgeregten Mithörern der Stammtischgespräche im »Adler« weiter durch die Straßen getragen und lockt neue Scharen an. Dort hat Wägele nämlich die mit dem Frühzug oder per Auto angereisten Kollegen der hauptstädtischen Zeitungen und Nachrichtenagenturen vereint, um sie gebührend auf das große Ereignis einzustimmen. Selbst Kneisel hat sich eingefunden. Beim Fernsehen ist ihm Mauser leider zuvorgekommen, bei der Presse will er die Scharte wieder auswetzen und sein Prestige aufpolieren. Der Mann, erklärt er, sei ein Erpresser. Einen Besen wolle er fressen, wenn er zur festgesetzten Zeit wirklich springe. Wägele besteht auf dem Gegenteil. Er hat den Herren eine Sensation für ihre Abendausgaben versprochen, und die sollen sie kriegen. Der Mann sei ein Fanatiker, er werde springen! Die Sache gewinnt durch Wetten an sportlichem Reiz. Sechs zu drei steht es einstweilen für Springen.

Doch ob er springt oder nicht, die Zumpelshausener wollen dabei sein. Und nicht nur sie. Die Kunde muß sich mit Windeseile verbreitet haben, denn um zehn sind schon sämtliche Parkmöglichkeiten in der Breiten Straße und auf dem Neumarkt erschöpft, und zwei Busse aus der näheren Umgebung halten in der schmalen Rittergasse, denen ein sonntäglich gewandetes, mit Proviantpaketchen, Fotoapparaten und Feldstechern versehenes Völkchen entquillt und sich eilig auf den Weg zum Altmarkt macht. Eine halbe Stunde später kommt der Verkehr wegen Verstopfung der Straßen gänzlich zum Erliegen – die sonst mit seiner Regelung nicht eben überbeschäftigten Polizisten werden für die Absperrung am Turm gebraucht –, und die letzten Geschäfte schließen. Es kauft ja sowieso niemand, und warum sollen die Ladeninhaber und Verkäufer nichts von dem in Aussicht stehenden kostenlosen Nervenkitzel haben?

Gegen elf marschiert sodann unter Frau Zwirnhubers bewährter Führung wiederum das Altersheim samt Transparent und Rollstühlen in würdiger Ordnung auf und zieht für Minuten die amüsierte Aufmerksamkeit eines die Volksstimmung beobachtenden Kameraauges auf sich. Und noch ein zweiter Zug naht: Antonios Kollegen aus der Bautischlerei, erheblich weniger würdig, da alkoholisch beschwingt, aber fest entschlossen, ihrem Kumpel durch ihre Anwesenheit moralische Unterstützung zu leihen. Er mag zwar Italiener und ein bißchen verrückt sein, aber er ist immerhin einer der ihren, und seine in kurzem zu erwartende sportliche Leistung ist zumindest eine Freischicht wert.

Um halb zwölf ist der Altmarkt gerammelt voll, sämtliche Fenster der umliegenden Häuser sind dicht besetzt – glücklich, die dort wohnen und ihre Logenplätze gegen gutes Geld vermieten können –, und selbst im Rathaus drängt man sich, wenn auch diskreter, hinter den Scheiben.

Nur einer darf nicht wie die andern: der Wachtmeister Sedlmeier. Kneisel persönlich hat ihm befohlen, vor der Zellentür der Inhaftierten auf Posten zu ziehen und sich von ihrer ständigen Anwesenheit in der Zelle durchs Guckloch zu überzeugen. Nicht einen Moment sei sie aus den Augen zu lassen. Am Verlassen der Zelle, auf welche Weise auch immer, sei sie unnachsichtig zu hindern. Jede verdächtige Beobachtung sei ihm unverzüglich zu melden, telefonisch natürlich, ohne den Blick vom Guckloch zu wenden. Ein Telefon sei neben ihm bereitzustellen.

Ein Sonderauftrag vom Chef persönlich gilt im allgemeinen als Vertrauensbeweis und läßt das Beamtenherz höher schlagen; in diesem Fall fühlt sich Sedlmeier jedoch frustriert. Während sich hinter ihm nämlich Erregendes vorbereitet, ist vor ihm durchs Guckloch so gut wie gar nichts zu sehen. Das heißt, so gut wie gar nichts auch wieder nicht, denn hübsch ist das Bißchen immerhin. Angela hat sich auf einen Schemel ins Blickfeld unter das vergitterte Fenster gesetzt, einen Mo-

ment leuchtet ihr aufwärts gewandtes Gesicht in einem matten Sonnenstrahl, schimmert ihr Haar, dann ist das Leuchten wieder vergangen. Sie scheint zu den Bäumen hinter dem Rathaus aufzublicken, vielleicht dem Gepiepse der Vögel zu lauschen, und sieht ganz so aus, als werde sie in einer Stunde noch genauso dort sitzen, als sei diese ganze Beobachtung überflüssig. Und wie schon sollte sie sich entfernen! Aber Befehl ist Befehl, man hat sich an seinen Auftrag zu halten, und anstrengend ist es wenigstens nicht.
Denkt er. Er irrt. Nach fünf Minuten tränt ihm das ans Guckloch gepreßte rechte Auge, nach weiteren fünfen das ersatzweise in Stellung gebrachte linke. Außerdem muß er sich, um den rechten Einblick zu haben, um ein Weniges auf die Fußspitzen hissen, und er verspürt schon einen beginnenden Krampf in den Waden. Einen Moment muß er sich flach auf die Sohlen senken, muß sich die Beine ausschütteln, die Augen wischen, bevor er sich seiner Pflicht wieder widmen kann. Gesehen kann's freilich niemand haben, da selbst Hundlinger drüben am Fenster klebt und hinausstarrt. Nur er ist an dieses verdammte Guckloch geschmiedet.
Vermutlich würde es ihn kaum trösten, wenn er wüßte, daß er in seiner erzwungenen Abstinenz nicht allein ist. Das Seidelsche Wohnzimmerfenster zum Platz hinaus ist das einzige, das statt einer dahinter sich dremmelnden Menschentraube

geschlossene Vorhänge aufweist. Im Halbdämmer hinter den Vorhängen sitzt Florian in einem Sessel und grübelt. Er grübelt seit Stunden. Als er morgens zum Dienst hat gehen wollen, hat er noch hinter der Haustür durch die vor Aufregung überschnappende Stimme eines Passanten von dem bevorstehenden Ereignis gehört, ist wie vor den Kopf geschlagen in die Wohnung zurückgekehrt, hat zu allem Überfluß auch noch den Fernseh-Bus auf dem Altmarkt auffahren sehen und sich darauf im Amt telefonisch krank gemeldet. Lieber noch hätte er sich gleich tot gemeldet, aber das hätte ihm keiner geglaubt. Dann hat er die Vorhänge zugezogen, und seitdem sitzt er da, wie gesagt, und grübelt.

Wie aufgescheuchte weiße Mäuse in ihrem Käfig kreisen die Gedanken in seinem Schädel umeinander, ohne daß er sie recht zu fassen kriegt. Glaubt er, einen erwischt zu haben, dreht sich der Wirbel schon wieder weiter, und durch ihn hindurch sieht er unablässig Angelas sonst meist lächelnde Augen vorwurfsvoll auf sich gerichtet. Recht hat sie! Was hat er, seitdem sie in der Zelle sitzt, auch für sie getan? Nichts! Weniger als nichts! Schlimmeres als nichts!

Schamvoll versenkt er sein Gesicht in die Hände, um gewisse Bilder zu verscheuchen, die ihn an gewisse Dinge erinnern, an die er sich nie mehr erinnern will. Aber kann man das? Kann man etwas so einfach aus seinem Gedächtnis, von seinem Schuldkonto streichen, als ob es nie gewesen wäre? Man kann nicht, aber wiedergutmachen kann man's! Durch eine Tat! Durch rückhaltloses Bekenntnis zu Angela! Und das – blitzartig fällt es ihm ein – hat er ja tun wollen! Der Brief, den er gestern an den Bürgermeister geschrieben hat ... Fiebrig wühlt er in seinen Taschen nach ihm. Da ist er! Heute morgen hat er ihn abgeben wollen, aber er hat nicht, und nun ist ihm der Mann auf dem Turm mit seinem Eintreten für Angela zuvorgekommen. Der, ein fast Fremder, wird nun tun, was er selbst hätte tun müssen, wenn auch nicht gleich vom Turm herunter ...

Er läßt den Brief, der nun nutzlos geworden ist, fallen, und dann wird ihm bewußt, daß es auf dem Platz draußen ruhig geworden ist, seltsam ruhig. Kein Gelärm dringt mehr wie eben noch herauf, und er schleicht nun doch zum Fenster, schiebt die Vorhänge um einen schmalen Spalt auseinander. Kopf an Kopf stehen sie da unten, ein Meer von Menschen rings um die Kamerainseln, und die Kameras, die Feldstecher, aller Blicke sind zur Höhe des Turms hinauf gerichtet. Tiefes Schweigen liegt über dem Platz unter dem langsam ziehenden, grauflockigen Gewölke, die große Stille der Erwartung.

Die Uhr am Turm zeigt fünf Minuten vor zwölf.

Seit den hohen Besuchen am Morgen haben nur die im Glockenstuhl und in den Winkeln des

Turmgesimses nistenden Tauben Antonio Gesellschaft geleistet. Sie haben sich an ihn gewöhnt, er hat die Nacht bei ihnen verbracht, hat die fürs Frühstück zurückbehaltene letzte Leberwurststulle der Witwe Knopf brüderlich mit ihnen geteilt, sie machen kein Aufhebens mehr von ihm. Er sieht ihnen zu, während er seine Zeit erwartet, und muß an den jungen Pfarrer in Castellano denken, der ihnen erzählte, daß sie gut zu den Tauben sein müßten, daß es eine Sünde sei, mit Steinen nach ihnen zu schmeißen, denn eine von ihnen habe Noah in der Arche mit einem Ölzweig im Schnabel das Ende der Sintflut und den Beginn neuen Lebens angezeigt.
Nicht alle hatten auf ihn gehört, denn der Sindaco war anderer Meinung gewesen. Er hatte sogar selber gelegentlich mit Steinen nach Pfarrer Aloisios Schützlingen geschmissen und dazu kräftig geflucht, weil sie ihm die Fenstersimse seines Palazzos und den hübschen Brunnen mit den steinernen Engelchen in seinem Garten bekleckerten, und so waren die Kinder in einen Gewissenskonflikt zwischen weltlicher und geistlicher Autorität geraten. Er selbst aber hatte nicht geschmissen, schon vorher nicht, da der lächelnde kleine Engel mit dem goldenen Haar auf dem Madonnenbild in der Kirche auf der leicht vorgestreckten schmalen Hand eine weiße Taube trug. Der Engel, der seinem Engel hier so ähnlich sah, seinem Engel, der ihn gleich im Sprung auffangen und sanft zur

Erde tragen würde. Denn er weiß, man hat ihn nicht freigelassen. Hätte man es getan, hätte es ihm seine innere Stimme gesagt, und all die Leute dort unten ständen nicht da und glotzten herauf. Wie Meeresrauschen ist ihr Gelärm bis zu ihm gedrungen. Doch jetzt ist das Meer still geworden.
Er sieht auf die Uhr – zwei Minuten vor zwölf –, steht auf und klopft sich sorglich den Staub des Bretterbodens vom Anzug. Der Engel soll keinen Schmutzfink auffangen. Keine Unruhe, nicht die leiseste Spur von Angst ist in ihm, nur ein wenig Stolz darauf, daß er vor all den Menschen für seinen Engel eintreten darf, und auch die Freude, ihm endlich zu begegnen und danken zu können. Eins muß er noch tun, die Tür zur Treppe aufriegeln, damit jemand hinterher herein kann, um die Glocken zu lösen. Dann hört er unter dem Bretterboden das alte Räderwerk der Turmuhr schnurren, und mit dem ersten Schlag der zwölften Stunde tritt er auf den schmalen Umgang hinaus.

Von unten starren sie hinauf. »Da! Da!« Ein hundertfacher Schrei empfängt ihn, verstummt, läßt atemlose Stille zurück, nur durchdröhnt vom ausklingenden Schlag der Uhr. Eine kleine, dunkle Gestalt, von einem auffliegenden Taubenschwarm umflattert, ist erschienen. Für einen Moment huscht ein blasser Sonnenstrahl über sie hinweg und wird von den Wolken wieder verschluckt. Der zweite Schlag dröhnt, der dritte, der vierte ... die Gestalt da oben rührt sich nicht. Am Fuß des Turms sind die Feuerwehrleute, vom Brandmeister dirigiert, mit ihrem ausgespannten Sprungtuch in Stellung gegangen. Der fünfte, der sechste Schlag ... Die lautlose Spannung droht zu bersten. Die Fernsehkameras surren, zahllose Feldstecher und Fotoobjektive sind auf die schmale Gestalt gerichtet, Hunderte zählen lautlos mit. Sieben ... acht ... neun ... Der Taubenschwarm hat eine Schleife um den Turm gezogen, hüllt die Gestalt von neuem in eine lichtgraue, schwirrende Wolke, als ob sie sie davontragen wolle. Doch sie ist noch immer da. Beim zehnten Schlag steigt der Mann auf die niedrige Steineinfassung, steht einen Moment reglos, hebt beim elften Schlag die Arme, erwartet den zwölften ... und ... wahrhaftig, er springt!

Aber ist es die plötzlich durch eine Wolkenlücke voll durchbrechende Sonne oder was sonst? Ein helles, blendendes Licht strahlt unversehens vom Himmel, ein eigentümliches Leuchten, das sie alle zwingt, die Augen zu schließen, auch die hinter den dunkelsten Sonnenbrillen. Doch nur für einen kurzen Moment, dann hat sich die Wolkendecke wohl wieder geschlossen, das Licht erlischt, nur ein Rest des Leuchtens schwebt noch wie hauchzarter Nebel über dem Platz, und die Augen können sich wieder öffnen.

Und sofort erhebt sich aus den vorderen Reihen,

von denen aus sich der um den Turm freigehaltene Raum übersehen läßt, wirres Geschrei. Jubel? Staunen? Entsetzen? Zuerst ist es nicht auszumachen. Die Menschen hinten drängen nach vorn, das Meer gerät in Bewegung, wie ein Schlachtschiff schiebt sich der Kamera-Bus langsam hindurch der Kirche zu, an den Fenstern der Häuser ringsum winken und schreien die Menschen. Sie wenigstens sehen wie die vorn ... ja, eigentlich was? Eigentlich gar nichts Besonders, nur einen einzelnen Mann, einen unverkennbar lebendigen, in einem Stück befindlichen Mann, der auch keineswegs vom Fall betäubt im Sprungtuch liegt, sondern ob des Aufsehens, das er macht, offensichtlich verlegen ein paar Meter davon entfernt mitten im abgesperrten freien Raum wie eben aus der Kirche getreten steht und sich ein wenig ratlos umsieht, als suche er jemand. Das einmalig Besondere an ihm ist nur, daß er, allen sichtbar, eben noch dort oben, einen Kirchturm höher, zwischen den Tauben stand.
Und nun schlägt der Jubel über dem Altmarkt zusammen, und aus dem Jubel lösen sich Schreie, erst einer, dann zwei, dann immer mehr: »Der Engel! Der Engel! Freiheit für den Engel!«, als hätte das über der Menge schwebende Transparent der Altersheimler plötzlich lautstark Stimme bekommen.
Freiheit für den Engel! Denn nun ist sonnenklar erwiesen, daß er oder vielmehr sie – wie heißt sie

doch gleich? Richtig, Frau Seidel! – einer ist, einer sein muß! Sie haben es selbst gesehen oder eigentlich nicht gesehen, aber da steht der Mann, der Italiener, als lebendiger Beweis, und daß sie noch immer da drinnen sitzt, ist kein Beweis dagegen. Im Gegenteil! Wunder haben es an sich, widersinnig zu sein.
Wie um sie in ihrer Überzeugung noch zu bestärken, fallen jetzt unverhofft auch die Glocken St. Damians dröhnend in den Jubel ein. Der Mesner ist eilends hinaufgestiegen, hat sie aus ihrer Stummheit erlöst und läßt sie nun zu Lob und Preis des Engels erklingen.

Geläut und Geschrei dringen bis in die Abgeschiedenheit des Kneiselschen Amtszimmers und vertiefen noch die Runzeln der ohnehin schon beträchtlich gerunzelten Stirn des Polizeirats, vor dessen Schreibtisch Wachtmeister Sedlmeier aufgebaut steht.
»Sie haben Ihren Posten also keinen Augenblick verlassen?« bohrt Kneisel eben inquisatorisch. Mit dem Borstenschädel und den struppigen Brauen, vom Bart ganz zu schweigen, sieht er mehr denn je einem vergrämten ältlichen Igel ähnlich. Unter den Brauen sind seine Augen mißtrauisch auf den Untergebenen geheftet.
»Keinen Moment, Herr Polizeirat!« bestätigt der wacker.
Kneisel stößt den Schädel vor.

»Und die Person haben Sie unablässig im Blickfeld gehabt?«

Sedlmeiers Hand zuckt bei der Erinnerung an die Augenstrapazen unwillkürlich nach oben, als gebe es da wieder etwas zu wischen.

»Jawoll!« sagt er. »Immer! Das heißt ...«

»Das heißt was?« Kneisel spuckt die Frage förmlich heraus. Das Brauengestrüpp zieht sich dräuend zusammen.

Der Wachtmeister zwinkert unbehaglich.

»Einmal nicht.«

»So!«

Der Schreibtischstuhl rutscht polternd über die Dielen zurück. Kneisel ist aufgesprungen, kommt mit drei Schritten um den Schreibtisch herum und knirscht:

»Also haben Sie doch Ihren Posten verlassen, wie? Sie wollten sehen, was auf dem Marktplatz passiert, und inzwischen ist die Person ...!«

Sedlmeiers gerechte Entrüstung siegt über den Respekt vor dem Vorgesetzten.

»Bestimmt nicht, Herr Rat!« protestiert er gegen ihn an. »Ich wollt' bloß sagen, einmal, ganz am Schluß, war plötzlich so ein grelles Licht in der Zelle, so daß ich nichts hab' sehen können. Aber hinterher war der Engel ... die Person, wollt' ich sagen, gleich wieder da, genau wie vorher hat sie auf dem Schemel gesessen, und gedauert hat's höchstens ein paar Sekunden. Und raus ist sie nicht! Beschwören könnt' ich's!«

Treuherzig reißt er die Augen auf und sieht so aus, als sei er bereit, auf der Stelle sein Seelenheil für die pure Wahrhaftigkeit seiner Beteuerung zu verpfänden.

Seufzend wendet Kneisel sich ab. Sein Ärger ist ihm jäh abhanden gekommen. Was hat er sich auch von diesem Verhör versprochen? In dieser unmöglichen Engelsgeschichte doch irgendwo noch ein Loch zu entdecken, den Schwindel, der dahintersteckt, dahinterstecken muß? Aber ewas hätte es geändert, wenn die Person Sedlmeiers Bewachung entronnen wäre? So oder so, der Mann war gesprungen, vor aller Augen, und war wohlbehalten unten angekommen. Sechzig Meter waren kein Pappenstiel. Er hätte ... Kneisel stellt es sich lieber nicht vor, wie der Mann hätte unten ankommen müssen, wenn es mit rechten Dingen zugegangen wäre. Also war's nicht mit rechten Dingen zugegangen, und ob die Person damit zu tun hatte, obwohl sie laut Sedlmeier die ganze Zeit in der Zelle gewesen oder auch nicht gewesen war, es blieb sich gleich, es blieb unerklärlich. Er war wieder am Anfang angelangt und keinen Schritt auf dem Pfad der Erkenntnis weitergekommen.

Das Schrillen des Telefons auf seinem Schreibtisch reißt ihn aus seiner Grübelei. Hundlinger ist am Apparat, ein ganz gegen seine sonstige Gewohnheit reichlich aufgeregter Hundlinger, dessen Stimme sich im Stimmengewirr am anderen

Ende des Drahts kaum durchsetzen kann. Eine Menschenmenge, sagt er, sei ins Revier gedrungen und fordere die sofortige Freilassung der Frau Seidel. Er habe seine Leute nicht zur Hand, sie seien am Turm noch mit Absperren beschäftigt. Seiner Aufforderung, das Revier zu verlassen, leiste die Menge Widerstand. Er bitte ergebenst um Anweisung, was zu tun sei.
Was zu tun sei? Noch heute morgen hätte es für Kneisel nicht den geringsten Zweifel gegeben. Aufruhr, Widerstand gegen die Staatsgewalt, dagegen gab es nur eins: mit allen Mitteln den Widerstand brechen, der gestörten Ordnung zum Sieg zu verhelfen! Aber erstens fehlte es offenbar an den nötigen Mitteln, und zweitens und vor allem war Kneisel nicht mehr derselbe wie heute morgen. Da war die Welt noch klar, wohlgeordnet und überschaubar für ihn gewesen, jetzt tappte er zwischen Zweifeln und Fragen ohne mögliche Antwort im dunkeln herum und kannte sich in sich selbst nicht mehr aus.
»Lassen Sie sie frei«, sagt er schließlich ergeben. »Dann werden auch die Leute wieder verschwinden.«
Langsam, wie erstaunt über sich selbst, legt er den Hörer wieder auf und entdeckt Sedlmeier, der noch immer, Brust raus, Hacken zusammen, vorm Schreibtisch steht.
»Sie können gehen«, sagt er in einem Ton, den der ohnehin schon überraschte Wachtmeister nicht

von ihm gewöhnt ist; freundlich, müde, irgendwie menschlich. Doch dann wird noch einmal der Polizist in ihm wach.

»Übrigens«, fährt er fort, »behalten Sie unauffällig diesen Italiener im Auge. Sollte er Anstalten machen, die Stadt zu verlassen, ist er festzunehmen und in Gewahrsam zu bringen. Er steht ja noch unter Einbruchsverdacht.«

Selbst wenn Antonio derlei Absichten hegte, fiele es ihm, fürs erste zumindest, schwer. Er wird umdrängt, viele wollen den Wundermann aus der Nähe sehen, wollen ihn anfassen, um für die eigene Person ein Portiönchen Wunderwirkung abzuzweigen. Die paar Polizisten haben alle Hände voll zu tun, soviel Raum um ihn zu schaffen, daß ihn die Fernsehleute interviewen können. Denn sie sind ja hergekommen, um unter anderem ihn auszuquetschen und in Bild und Ton der Mitwelt frisch zum Abendessen ins Haus zu liefern.

Aber Antonio hat nichts mit ihnen im Sinn. Seinen Engel sucht er. Während des Sturzes hat er ihn ganz nah gespürt, hat seine leise Stimme gehört – »Keine Angst, Antonio, ich bin bei dir!« –, es war wie ein kurzer, seliger Traum gewesen, viel zu schnell vergangen, um danken zu können, und unten hatte er sich vergeblich nach ihm umgesehen. Nein, erst mußte er seine Pflicht ihm gegenüber erfüllen, dann mochte alles andere kommen.

»No, no, no, adesso no!« wehrt er zornig ab. »Spätter! Più tardi!«
Und in diesem Augenblick braust mit den Glokkentönen wieder Jubel über den Platz, denn auf der obersten Stufe der Rathaustreppe ist eine schmale, zierliche, lichte Gestalt erschienen – Angela –, und Antonio stürzt sich wie besessen in die Menge, nur sie, sie allein, vor Augen ...

Florian sah all dies von seinem Fenster aus, hinter den Vorhängen versteckt. Er hat es eigentlich nicht sehen wollen, doch dann ist er wie festgewurzelt stehengeblieben, von widersprüchlichen Gefühlen geplagt. Von Angst um Angela, von Angst auch, aber mehr von Groll gegen den Mann, der sich zwischen Angela und ihn gedrängt hat, von Groll vor allem gegen sich selbst, der es so weit hat kommen lassen. Dazu dann die beklommene Freude, sie wieder frei zu sehen und zugleich helle Verzweiflung darüber, was aus alldem werden soll.
Und nun beobachtet er, wie die Menge sich vor Antonio teilt, sieht, wie er sich vor Angela auf die Knie wirft, wie sie ihn aufhebt, als gebühre ihr solch fromme Huldigung nicht, wie jetzt drüben im Portal der St. Damianskirche Hochwürden Hitzig im Talar, vom Vikar begleitet, erscheint und einladend die Arme ausbreitet, wie die Menge sich im Kreuzfeuer der Fernsehkameras zu feierlich-fröhlicher Prozession zu ordnen beginnt

und hinter Angela und Antonio her in die Kirche einzieht.

Ein großes Ereignis findet statt, und er hat sich davon ausgeschlossen. Und nicht nur davon! Wie soll er ihr entgegentreten, wenn sie irgendwann später in die Wohnung zurückkehrt? Einfach so, als sei nichts geschehen? Er, der nichts für sie getan hat, der sich im Gegenteil feige verkrochen, versteckt, der sie noch dazu – es hilft nichts, die mildernden Umstände sind längst fadenscheinig geworden – hintergangen und schäbig betrogen hat? Wie kann er dem Blick ihrer klaren blauen Augen begegnen, wenn sie nachher ...?

Und plötzlich weiß er, er kann nicht. Gerade, weil ihm in diesem Moment bewußt wird, mehr bewußt wird denn je, weil es früher so selbstverständlich schien und allerlei Vorstellungen von Pflicht und Ordnung ihm die ganze Fülle des Gefühls verstellten, wie sehr er sie liebt. Um so schlimmer ist sein Versagen. Er muß fort, fort aus dieser Wohnung, irgendwohin, wo er diesem Blick entgeht ...

Der Zufall will es, daß Mauser und Kneisel an diesem Nachmittag zu gleicher Zeit ihren Dienst beenden und sich infolgedessen auf der Rathaustreppe begegnen. Das erfreuliche Ende dieses turbulenten Tages hat Mauser in beste Stimmung versetzt, und wäre da nicht die zu wahrende Würde des hohen Amtes, hüpfte er wohl wie ein

Gummiball die Stufen hinunter. Kneisel hingegen wirkt wie gewohnt knorrig, wenn auch nicht ganz so knorrig wie sonst.

»Nun, was sagen Sie dazu, mein Lieber?« hebt Mauser wohlgefällig an. »Ein großer Tag für unsere Stadt, der sich gewiß auch wirtschaftlich auswirken wird. Ich werde unserem Stadtrat vorschlagen, den Sebaldusbrunnen in Engelsbrunnen umzutaufen. Verbunden mit der Reklame, die wir unserer hochgeschätzten Frau Seidel verdanken, wird das unserem Kurbetrieb sehr zugutekommen. Was meinen Sie?«

Er hat Knorriges als Antwort erwartet und ist höchlichst überrascht, Kneisel Beifälliges äußern zu hören. Man kennt sich bei dem Mann nicht aus. Hat der Engel etwa auch bei ihm ein kleines Wunder gewirkt?

Er kann es nicht lassen, diese aberwitzige Möglichkeit auf die Probe zu stellen. Ironisch fragt er:

»Übrigens, wann werden Sie Ihren Besen verspeisen?«

Und wahrhaftig: Kneisel grient! Es wirkt noch ein bißchen ungeübt, noch eine Kleinigkeit hölzern, aber man kann es zwischen Brauen und Schnauzbart schon ganz deutlich erkennen.

»Heute abend«, gibt er Auskunft. »Mit Béchamelsauce zur Geschmacksaufbesserung. Mit einem tüchtigen Schluck Engelsbrunnen hinterher werd' ich ihn schon runterkriegen.«

Zwölftes Kapitel

Glückliche Menschen müssen ihr Glück laut herausposaunen, oder hüten es still in sich wie einen eifersüchtig bewachten Schatz, den sie vor der Neugier der Umwelt bewahren möchten. Es ist eine Charakterfrage. Antonio, zum Beispiel, gehört zu der zweiten Sorte. Von Italienern wird zwar behauptet, daß sie ihr Herz auf der Zunge trügen und von Temperaments wegen nicht gerade zur Verinnerlichung ihres Gefühlslebens neigten, aber auch Völker sind nicht über einen Kamm zu scheren, überall gibt es eben sone und solche.

Antonio also ist ein solcher. Er könnte, da er nun die Kirche hinter sich hat, sein Glück phonstark von sich geben, aber er tut es nicht. Als die Menschen nach der Messe seinen Engel umdrängten, der für sie, die anderen, wieder zu einer zwar ehrfürchtig bestaunten, aber irgendwie doch irdischen jungen Frau geworden war, hatte er sich heimlich davongestohlen. Er gehörte nicht in diesen Trubel, er wollte mit seinem Erlebnis allein sein. Es war zu groß, zu überwältigend gewesen, als daß er es jetzt von den vielen, die danach fragten, wie es nun eigentlich geschehen sei und was er dabei empfunden habe, hätte zerreden lassen wollen.

Selbst dem Wachtmeister Sedlmeier ist entgangen, daß er, im Geschiebe verborgen, durch einen Seitenausgang die Kirche verließ, und nun folgt er achtlos den winkligen Gassen, in denen außer ein paar dösenden Katzen kein lebendes Wesen zu sehen ist, weil alle zum Altmarkt gepilgert sind, um ja das große Ereignis nicht zu verpassen. Er freut sich dieser Einsamkeit, und es ist ihm ganz gleich, wohin ihn die Gassen führen. Sein schlichtes Gemüt ist noch ganz erfüllt von der Nähe des Engels, er hat ja neben ihm gesessen, hat ihm gedankt, sein Lächeln hat ihn wie ein wärmender Mantel umhüllt, er hat nichts anderes als diese lächelnden, klaren blauen Augen gesehen und weiß, daß sie ihn von nun an durch sein ganzes Leben begleiten werden.

Unversehens bedrängt ihn der glühende Wunsch, etwas Gutes zu tun, jetzt gleich, wenn schon nichts anderes sich bietet, wenigstens die Katzen zu streicheln, damit auch sie einen Abglanz des Engelslächelns verspüren, aber sie flitzen zu seinem Kummer vor ihm davon. Nur eine bleibt, eine kleine, grau getigerte, sieht grüngelb-schräg zu ihm auf, jeder Muskel fluchtbereit, beginnt jedoch zu schnurren und läßt gar die Lider schläfrig-genießerisch halb über die Augen sinken, als er sanft über ihr Fell streicht und sie hinter den nackten Ohren krault.

Als er sich danach aufrichtet, fällt sein Blick zufällig durch das Fenster, vor dem er steht, und da sieht er etwas, das ihn hindert, weiterzugehen. Er merkt nicht gleich, daß ihn sein Weg vor die Kneipe geführt hat, in der ihn damals zwei Gauner beim Kümmelblättchen-Spiel um sein bißchen Erspartes brachten, aber die beiden Burschen erkennt er sofort. Bieder nach außen der eine, wie ein ehrsamer Handwerker anzusehen, der andere ein schmierig-glatter Typ mit nacktem, fast braueniosem Vogelprofil in schäbig-modernem Lederjackett. Genau wie damals sitzen sie da mit ihren Karten, und der, den sie diesmal vorhaben, ist Florian.

Ihn kennt er nicht. Er hat keine Ahnung, daß da jemand in der Klemme sitzt, der seinem Engel nahesteht. Er sieht nur, daß der Mann angetrunken ist. Nicht so wie ein ausgepichter Trinker, der auch dann noch immer weiß, was er tut, sondern wie einer, der's nicht gewöhnt ist und nicht verträgt. Die fahrigen Bewegungen sagen genug. Und außerdem sieht er, wie der schmierige Vogeltyp die drei Karten treuherzig zeigt, beim Abwerfen blitzschnell verschiebt, wie der Biedere scheinbar siegessicher einen Geldschein auf eine von ihnen setzt, garantiert die falsche, und dem Angetrunkenen zuredet, ein Gleiches zu tun, und wie der's tut und der Vogeltyp dann die Karten aufdeckt und mit bedauerndem Grinsen das Geld einstreicht.

So machen sie's also. Damals hat er an heilloses Spielpech geglaubt, nun weiß er's besser. Da hat er die Gelegenheit, die er sich wünschte, etwas wirklich Gutes zu tun: diesem Mann zu helfen, ihn aus den Klauen dieser Burschen zu reißen. Und ganz nebenbei auch seine Rechnung mit ihnen zu begleichen.

Er stürzt durch die Tür. Außer den dreien ist um diese Zeit niemand in der nicht sonderlich anheimelnden Gaststube mit ihren fleckigen Tischen, den zinngedeckelten Maßkrügen auf dem Paneelbrett und den Bier- und Schnapsreklamen an den Wänden darüber. Nur die Wirtin taucht jetzt erschrocken über den Krach der gegen die Wand schlagenden Tür aus der Küche hinter der Theke auf.

Für Antonio ist sie nicht vorhanden. Er sieht nur die drei oder vielmehr die zwei.

»Brutti truffatori! Bricconi!« brüllt er, und es dauert ein Weilchen, bis sich in dem italienischen Wutschwall die ersten deutschen Brocken durchsetzen: »Ihr Schwindel! Gauner! Wenn niischt soffort geben Geld zurrick, mir und diese Mann, iisch geh 'olen Polizia!«

Alles Weitere vollzieht sich in Blitzesschnelle. Die Kerle haben nicht die geringste Neigung, das sauer erschwindelte Geld wieder rauszurücken, und während der Lederne hastig Scheine und Karten einsackt, ist der Biedere schon aufgesprungen, reißt seinen Stuhl hoch und schwingt ihn gegen Antonio. Doch der ist flinker, unterläuft die Attacke und rammt den Mann wuchtig den Schädel in die Magengrube. Das Gepolter des Doppelsturzes dringt selbst durch Florians Benebelung, scheint ihn irgendwie zur Mitwirkung aufzurufen, doch als er sich mühsam an der Tischkante hochstemmt, überfällt ihn zuerst Schwindel, dann jähes, wirbelndes Dunkel, und seine Bemühung endet für einen Beamten höchst unwürdig unter dem Tisch. Das letzte, was ihm durch den Kopf schwirrt wie ein Hilferuf, bevor er endgültig in der Schwärze versinkt, ist der Gedanke an Angela . . .

Auch Angela hat die erste sich bietende Gelegenheit genutzt, unauffällig vor der verehrungsvollen Bewunderung ihrer Mitbürger zu flüchten. Sie ist fürs erste lange genug Engel gewesen, sie sehnt sich nach ein wenig privater Unauffälligkeit und außerdem . . . ja, nach Florian.

Während sie, um den Altmarkt zu meiden, auf den sich jetzt die Kirchenbesucher ergießen und, das Wunder zu beschwatzen, noch in Grüppchen beisammenstehen, auf Umwegen ihrer Wohnung zustrebt, hat sie es plötzlich eilig, ihn zu sehen. In den letzten Tagen hat er allerlei erdulden müssen – als Engel weiß man so einiges, was Wesen ausschließlich irdischer Natur verborgen bleibt, ein Wissen, zu dem sich die Gaben des Verstehens und Verzeihens gesellen –, und sie sorgt sich ein wenig um ihn. Ein Mensch wie er, dem Ordnung, Pflicht und unauffällige Wohlanständigkeit über alles gehen, hat mit Wundern nicht viel im Sinn und mit einer im Polizeigewahrsam sitzenden Frau schon gar nicht. Er kann nun mal nicht aus seiner Haut heraus, und vielleicht ist es gerade das, seine Beständigkeit und Treue zu sich selbst, was sie an ihm liebt, wenn sie sie auch manchmal zur Weißglut treiben. Sicherlich braucht er dringend Tröstung, und sie beeilt sich noch ein bißchen mehr.

Auf der Treppe klappern ihr hohe Stöckelabsätze entgegen: Frau Hugendubel. Sie lächeln einander zu, wie erfahrene Frauen das so tun. Ein herber Parfümhauch weht zu Angela herüber.

»Wie schön, daß Sie wieder da sind!« sagt Teresa, und es klingt herzlich. »Ich fürchte, Ihr Mann hat die letzten Tage nicht gut überstanden. Ich hab' ihn gutnachbarlich ein bißchen zu trösten versucht, aber so recht hat's wohl nicht geholfen. Wer könnte mit einem Engel auch konkurrieren? Und nun lassen Sie ihn nicht länger warten!«

Noch einmal das Lächeln, jetzt glitzernd wie der Modeschmuck, den sie auch in ihrer Boutique verkauft, dann klappert sie schon weiter abwärts. Das Rüchlein Parfüm weht hinter ihr her. Angela wendet sich zur Tür. Nein, länger warten soll er gewiß nicht.

Aber er ist nicht da! Die Wohnung ist leer, leerer als leer. Das Bett sieht aus, als hätte er nicht drin geschlafen oder sich allenfalls für eine Stunde oder auch zwei ohne sich auszuziehen auf die Steppdecke gelegt. Auf dem Wohnzimmertisch steht ein Teller mit einem aufgeplatzten, halb angebissenen Würstchen und zwei unberührten Butterbroten. Die Küche bietet noch das gleiche aufgeräumte Bild, wie sie sie verlassen hat. Die Speisekammer desgleichen. Er hat sich also nichts gekocht, kaum etwas gegessen, es muß ihn schlimmer mitgenommen haben, als sie gedacht hat.

Betroffen läßt sie sich auf den weißlackierten Stuhl am weißlackierten Küchentisch sinken, streift nebenbei erleichtert die Schuhe von ihren Füßen – auch Engel haben zuweilen müde Füße, vor allem, wenn sie in hochhackigen Italienern stekken –, läßt die Zehen spielen und überlegt dabei, wo er sein kann. In der Kirche gewiß nicht. Wie die Umstände nun mal lagen, würde er Öffentlichkeit um jeden Preis meiden. Deshalb hatte sie ihn in der Wohnung zu finden erwartet. Doch dann denkt sie an seinen letzten Besuch bei ihr in der Zelle, an seine verlegene Miene, seine ausweichenden Blicke, seine Erleichterung, als Hundlinger ihn zum Gehen mahnte. All das sind unverkennbare Anzeichen eines überaus schlechten Gewissens. Sollte es so schlecht sein, daß er sogar jetzt der Begegnung mit ihr ausweichen will, den Gedanken nicht ertragen kann, ihr so schuldbeladen vor Augen zu treten?

Aber dann – und unwillkürlich muß sie wieder lächeln, ein Lächeln, das diesmal von ganz tief innen aufsteigt – wäre das ja nur ein Zeichen dafür, wie sehr er sie liebt! Noch immer liebt! Und es bedürfte nicht einmal mehr des Briefs an den Bürgermeister, den sie nun findet, als sie ins Wohnzimmer zurückkehrt, dort findet, wo Florian ihn hat fallen lassen, halb unter die Kommode gerutscht und deshalb nicht gleich von ihr bemerkt –, es bedürfte also nicht dieses Briefs, um es ihr vollauf zu bestätigen. Er, dem Beruf, Ordnung und Pflicht soviel bedeuten, hatte sich für sie und gegen seine Karriere entschieden. Einmal immerhin hatte er doch aus seiner Haut herausgefunden, ihr zuliebe, und dann – ja, so mußte es gewesen sein – dann war ihm Antonio mit seinem kühnen Turmsprung zuvorgekommen, und das hatte ihm den Rest gegeben.

Und jetzt, wo war er jetzt? Sie fragt es sich mit ein wenig Angst, und mitten in diese Frage hinein ist ihr, als vernähme sie so etwas wie einen fernen Ruf, einen Hilferuf. Selbst gewöhnliche Sterbliche sind zuweilen durch geheimnisvolle, unsichtbare Fäden mit ihren Nächsten verbunden, wie sollten

es da nicht Engel sein, die übernatürliche Gaben besitzen?
Sie vernimmt also den Ruf, und sie braucht sich nicht mehr zu fragen. Sie sieht wie in einem Wachtraum, was geschehen ist, und daß es ohne ihre Hilfe nicht geht. Daß man ihn in diesem Zustand, in dieser Situation nicht auffinden darf, weil es sonst mit seiner Karriere aus sein würde. Aber sie weiß auch, daß sie zumindest einen Teil ihres Engelswesens verlieren wird, wenn sie ihm hilft, denn sie tut es doch auch für sich. Für ihn und sich, sie sind ja eins.
Trotzdem zögert sie keinen Moment, und in der nächsten Sekunde ist das Zimmer leer. Nur die Schuhe unter dem Küchentisch künden davon, daß Angela in der Wohnung gewesen ist.

Was Wachtmeister Sedlmeier betrifft, hat er Antonios spurloses Verschwinden inzwischen betreten festgestellt. Die Fülle in der Kirche bietet eine Erklärung dafür, aber leider steht zu befürchten, daß Kneisel trotz neuerdings bei ihm bemerklicher mild-menschlicher Züge sie als Entschuldigung nicht hinnehmen wird.
Infolgedessen treibt es den Wachtmeister schon geraume Zeit schwitzend durch die Gassen, als er hinter der nächsten Ecke das Geschrei der in Sorge um ihr Mobiliar ins Freie gestürzten Wirtin hört. Pflichtgemäß folgt er ihrem Ruf, und siehe da, er hat zu seiner Genugtuung wieder Antonio

vor sich. Einen leicht ramponierten, zerrupften, aber keineswegs kleinlauten oder gar schuldbewußten Antonio. Ganz im Gegenteil! Anklagend weist er auf den noch zerrupfteren Biedermann neben sich und beschuldigt ihn der Falschspielerei. Der Biedere protestiert zwar, krempelt zum Beweis der lächerlichen Hinfälligkeit solchen Verdachts seine sämtlichen Taschen um, in denen sich keine einzige Spielkarte findet, aber dann entdeckt man den beim Auftauchen des Polizisten in die Damentoilette geflüchteten zweiten Mann, den Ledernen, bei dem Versuch, das Kartenpäckchen durch den porzellanenen Schlund zu spülen. Es funktioniert nicht, sie sind zu steif. Der Versuch allein genügt, ihre Schuldhaftigkeit zu beweisen.

Aber wo ist der dritte Mann, der eigentlich Geschädigte?

Man späht unter den Tisch. Da ist er nicht mehr, obwohl die Wirtin zu beschwören bereit ist, ihn zuletzt dort total betrunken gesehen zu haben, viel zu betrunken, um sich etwa allein, ohne Hilfe, entfernen zu können. Niemand anders sei aber hier gewesen.

Der Wachtmeister kratzt sich hinter dem Ohr und fühlt sich ein wenig überfordert. Zwei Falschspieler, die er zu überwachen und an eventueller Flucht zu hindern hat, Antonio, der befehlsgemäß nicht aus dem Auge zu lassen ist, eine keifende Wirtin, die ihren zerbrochenen Stuhl ersetzt haben will, und nun noch ein Betrunkener, der sich nicht auffinden läßt. Unwillkürlich stellt sich bei ihm eine gedankliche Parallele zu jenem anderen, ebenso rätselhaft verschwundenen Betrunkenen ein, aber das kann ja nicht sein. Der Engel beziehungsweise Frau Seidel ist ja noch in der Kirche.

»Wie sah der Mann denn aus?« begehrt er schließlich zu wissen und leckt die Spitze seines Bleistifts an, um das Signalement sogleich seinem Notizbuch einzuverleiben.

Die Auskünfte, die er erhält, sind, gelinde gesagt, überraschend. Der Wirtin zufolge ist der Mann groß und dünn, schnurrbärtig und oben herum ziemlich kahl gewesen, während Antonio ihn eher als klein, rundlich und glattrasiert beschreibt. Der Biedere hingegen hat einen mit Vollbart und Brille, der Lederne gar einen weißhaarigen Alten gesehen.

Sedlmeier staunt.

»Wieviel waren's denn nun eigentlich?« fragt er die Wirtin, die ihm noch am verläßlichsten scheint. »Vorhin haben sie nur von einem geredet, jetzt sind's schon vier.«

»Nein, nur einer!« beharren alle vier zugleich.

Sie starren verdutzt einander an. Wie geht das zu? Jeder ist überzeugt, den Mann genau gesehen und beschrieben zu haben, und doch beschreibt ihn jeder anders. Hat sich etwa ein Zauber in ihr Erinnern gemischt, um jedem nachträglich ein anderes Bild dessen vorzugaukeln, der hier leibhaftig gesessen hat? Aber warum? Ein sonderbares Gefühl beschleicht sie, das sie immerhin daran hindert, darüber ins Streiten zu geraten, wer nun eigentlich recht hat.

Nur in einem Punkt sind sie sich einig. Einmal habe kurz ein merkwürdiges schwaches Leuchten im Raum gelegen, aber das wird die wieder einmal durch die Wolken brechende Sonne gewesen sein, die sich in den Scheiben der anderen Straßenseite gespiegelt und so auch in die schattige Wirtsstube Eingang gefunden hat.

Sedlmeier ist an Sonnenspiegelungen nicht interessiert, er hat es eilig, die Amtshandlung endlich abzuschließen. »Ein kleiner Großer, glattrasiert mit Vollbart«, notiert er kopfschüttelnd. »Keinem der Anwesenden bekannt.«

»So«, sagt er befriedigt und schiebt das Notizbuch an seinen angestammten Platz zwischen dem zweiten und dritten Knopf des Uniformrocks zurück, »und jetzt darf ich die Herren bitten, mir zu folgen. Sie«, damit meint er Antonio, »als Zeuge.« Als Mahnung für die beiden andern klopft er auf seine Pistolentasche. »Und Sie warne ich vor jedem Fluchtversuch. Das ist keine Spielzeugpistole. Und jetzt vorwärts marsch!«

Hinter den dreien her verläßt Sedlmeier nach einem letzten sehnsüchtigen Blick zur Theke die Kneipe. Die Suche nach Antonio nebst Amtshandlung hat ihm Durst gemacht, und selbst eine

Neige aus einem der stehengebliebenen Biergläser wäre ihm recht gewesen, aber Dienst ist Dienst, da kann man nichts machen.

Übrigens – um das gleich vorwegzunehmen – stellt sich heraus, daß der Wachtmeister zwei dikkere Fische gefangen hat, als sich anfangs hatte voraussehen lassen. Bei der polizeilichen Durchsuchung der Kammer, in der die beiden hausen, wird nämlich außer gezinkten Karten auch ein ansehnliches Warenlager entdeckt, das aus bisher unaufgeklärten Einbrüchen stammt, darunter auch aus dem Schaufenstereinbruch, den man dem Gastarbeiter Antonio Guzzi in die noch immer ungeputzten Schuhe geschoben hat. Antonio ist also nicht nur von jedem Verdacht befreit, er bekommt auch einen stattlichen Teil der für die Aufklärung der Einbrüche ausgesetzten Belohnung und damit mehr, als er an die beiden Gauner verspielt hat. Im Urlaub wird er nicht nur selbst nach Hause fahren, sondern Carmela auch noch ein hübsches Stück Geld mitbringen können, und er nimmt sich fest vor, dem lächelnden kleinen Engel in Castellano eine besonders dicke, schön verzierte Kerze zu stiften, denn wie könnte es anders sein, als daß er auch diesen unverhofften Segen seinem, dem kleinen so ähnlichen Engel verdankt ...

Als Florian aus seinem Rausch erwacht, glaubt er im ersten Augenblick wieder einmal zu träumen.

Als letztes Bild, bevor er im Dunkel versank, ist ihm die verwischte Erinnerung an die bierfleckige Holzplatte eines Tischs, Spielkarten und zwei unbekannte, unerfreuliche Gesichter ihm gegenüber geblieben. Dann war etwas Poltrig-Gewalttätiges geschehen, irgendwie mit einer fremdartig klingenden Stimme verknüpft, und dann hatte ihn und alles andere ein schwarzer Abgrund verschlungen.

Und nun liegt er friedlich in seinem Bett, als sei das Vergangene nur ein wüster Traum gewesen. Aber es war kein Traum, er weiß es genau. Mit Träumen hat er in den letzten Tagen so seine Erfahrungen gemacht, er kennt sich aus. Auf keinen Fall hinterlassen sie einen Brummschädel, wie er jetzt einen hat. Und auch das jetzt ist kein Traum. Das Bett, in dem er sich räkelt, ist altbekannte, nußbaumhölzerne, schlaraffiamatratzenweiche Wirklichkeit.

Er hebt den Kopf, um sich noch weiterer Zeugen der Wirklichkeit zu versichern, aber da durchzuckt den Schädel ein stechender Schmerz, und er läßt ihn schleunigst wieder sinken. Zugleich öffnet sich leise die Tür, und im Spalt ist Angelas Gesicht zu erkennen. Als sie ihn wach sieht, kommt sie herein: weißer Faltenrock, ein duftiges zartblaues Blüschen, blondes, wuschliges Haar und die Augen, aber nicht vorwurfsvoll, wie er sie zum letztenmal in seinen Phantasiegespinsten sah, sondern lächelnd. Wie immer. Nein, nicht ganz wie immer, auch ein Fünkchen Spott ist dabei.

»Hier«, sagt sie und hält ihm eine dampfende Tasse unter die Nase, »trink ein bißchen.«

»Trinken? Bloß nicht«, murmelt er schwach.

Sie sitzt schon neben ihm auf der Kante, redet ihm zu:

»Kamillentee. Er wird dir gut tun nach allem, was du in der Kneipe getrunken hast.«

»Kneipe?«

Es ist, als hätte das Wort jäh den Vorhang vor dem Vergangenen weggerissen, und plötzlich sieht er wieder ganz klar, was geschehen ist. Wenigstens den Anfang. Wie er aus der Wohnung lief, vor lauter Angst, ihr zu begegnen, bevor er moralisch wieder Tritt gefaßt hatte, wie er durch die Gassen irrte, wie er schließlich in der Kneipe strandete. War es nicht guter, alter Brauch, sich einen auf die Lampe zu gießen, wenn einem der Kummer bis zum Halse stand und man ihn vergessen wollte? Gute, alte Bräuche sollte man pflegen. Irgendwann waren dann zwei Männer gekommen und hatten auf ihn eingeredet, und dann war der Tumult ausgebrochen ...

»Was war in der Kneipe los?« fragt er ängstlich.

»Nichts Besonderes«, erwidert sie, und das spöttische Fünkchen glimmt eine Kleinigkeit stärker. »Nur eine Wirtshausrauferei und du betrunken mitten drunter, und dann ist die Polizei gekommen ...«

»O Gott!« flüstert er. »Die Polizei? Dann kann ich ebensogut gleich meinen Abschied einreichen!«

»Brauchst du nicht«, beruhigt sie ihn. »Kein Mensch hat dich gesehen. Ich hab' dich vorher rausgeholt.«

Er öffnet staunend den Mund, und sie nutzt die Gelegenheit, ihn den Rest Kamillentee schlucken zu lassen. Und fügt hinzu:

»Eigentlich hab' ich dich zuerst zum Ausnüchtern ins Revier bringen wollen, aber dann dachte ich mir, du würdest deinen Rausch vielleicht doch lieber zu Hause ausschlafen.«

Beschämt senkt er den Blick, er hat es verdient. Damit hat er ja das ganze Unheil überhaupt erst eingerührt. Und trotzdem oder gerade deshalb fragt er sich: Was ist Glück? Größere Geister als er haben sich schon den Kopf darüber zerbrochen, ohne zu verläßlichen Resultaten zu kommen. Ist es schon Glück zu nennen, nicht als Kneipenrandalierer aktenkundig zu werden und so dem untadeligen Beamtenstand erhalten zu bleiben? Von Glück *reden* kann man in solchem Fall, gewiß, aber zur Erklärung der Seligkeit, die Florian in diesem Moment bis zum Platzen füllt, reicht es nicht hin. Etwas anderes muß hinzukommen: die tröstliche Gewißheit, daß einem die Dummheiten, die man gemacht hat, von einem liebenden Herzen vergeben wurden. Daß es nichts Trennendes mehr zwischen ihnen gibt . . . Oder etwa doch?

Erkältend fallen ihm der vergessene Wohnungsschlüssel, die zu kurze Couch und die Folgen ein. Und ihm wird klar: Wenn die neu eroberte Gemeinsamkeit kein wackliges Fundament haben soll, muß er ihr auch das gestehen.

»Hör zu«, sagt er tapfer. »Ich ... ich muß dir was beichten. Frau Hugendubel ...«

Sie verschließt ihm mit einem sanften Finger den Mund.

»Ich weiß. Sie hat mir erzählt, sie hätte dich ein bißchen zu trösten versucht, aber es hätte nicht viel geholfen. Du Armer hast ja auch viel leiden müssen.«

In ihrem Lächeln ist etwas, das ihm ihr Wissen, aber zugleich auch ihr Verstehen verrät. Und er küßt den Finger und murmelt:

»Du Engel!«

Sie schüttelt den Kopf.

»Nur noch ein halber«, wispert sie, »kein richtiger mehr mit Flügeln, aber –«, und das für einen Moment verschwundene Lächeln kehrt in ihre Augen zurück, »– man kann ja auch ohne einer bleiben, für die, die einen brauchen und vor allem für den eigenen Mann.«

Da ist sie wieder, die Seligkeit, stärker noch als zuvor, so überreich, daß er großzügig davon abgeben will.

»Klar, auch für andere. Es wär' ja gelacht, wenn ich mir nicht selbst mal eine Kleinigkeit zurechtmachen könnte. Es müssen ja nicht gerade Spiegeleier und Würstchen sein.«

Und damit erwacht von neuem sein Pflichtgefühl, es drängt ihn ungestüm ins Amt.
Angela lacht hell auf. »Jetzt? Nach Dienstschluß? Du hast den ganzen Nachmittag verschlafen, und außerdem hast du dich heute früh krank gemeldet. Vorhin haben sie angerufen, wie es dir geht, und ich habe ihnen gesagt, daß du bestimmt noch zwei Tage wirst liegen müssen. Ein Mann wie du meldet sich schließlich einer Kleinigkeit wegen nicht krank, und wer krank ist, kann sich unmöglich in einem Wirtshaus geprügelt haben. Sie lassen dir gute Besserung wünschen.«

Es werden zwei Tage, in denen es für Florian nur Angela, ihre Heiterkeit, ihre Nähe und Wärme gibt. Tage, in denen die Welt vor den Fenstern draußen für ihn zu versinken scheint, aber sie findet natürlich trotzdem statt. Nach dem Tag des großen Wunders kommt der Alltag mit seinem üblichen Kleinkram wieder zu seinem Recht, was nicht hindert, daß auch weiterhin das Wunder bestaunt und besprochen wird, und daß Angela sich bei den unumgänglich notwendigen Einkäufen allgemeiner scheuer Beachtung und andächtiger Verehrung erfreut. Das heißt, erfreut ist nicht ganz das richtige Wort, unauffälliger wäre es ihr bedeutend lieber, aber so ist das nun mal, wenn man die Finger von Wundern nicht lassen kann.
Im übrigen verliert Zumpelshausen an diesem ersten Tag einen seiner vielversprechendsten Mit-

bürger. Mit dem Mittagszug reist Gottlieb Wägele zur Hauptstadt ab, um seinen neuen Job als Reporter der dortigen Fernsehanstalt anzutreten. Nicht nur beim »Boten« wird man ihm nachweinen, auch in den zutraulichen Augen der hübschen Annelies vom »Adler«, die ihn zum Zug begleitet hat, blinkern verräterische Tränen, obwohl er doch hoch und heilig verspricht, sie bald nachzuholen. Nur weiß man ja, was von solchen Versprechungen zu halten ist, aber sie kann fürs erste immerhin hoffen.

Hat der erste Tag Verlust für die Stadt gebracht, bringt der zweite Gewinn: Zumpelshausen wird um eine Modeschöpferin reicher. Vom frühen Vormittag an sammeln sich vor dem Schaufenster von Teresas Boutique immer wieder kleine Grüppchen weiblicher Wesen und staunen die Auslage an, die, ganz mit himmelblauem Samt verkleidet und mit niedlichen weißen Engelsflügelchen dekoriert, in ihrer Mitte als einzigen Blickfang ein entzückendes Sommerkleid mit angekrausten, paillettenglitzernden Flügelärmeln, Rüschen und allerlei Stickereien zeigt. Auf einem silbergerahmten Schildchen darunter steht zu lesen: »Letzte Neuheit: Modell ›Engel‹. Anfertigung in eigener Schneiderei.«

Selbst ältere Damen bekommen träumerische Augen, und von den jüngeren und jungen haben schon etliche die Boutique betreten, um ihre Maße nehmen zu lassen. Vermutlich wird es in diesem

Sommer in Zumpelshausen von Engeln wimmeln.

Das größte Ereignis dieses zweiten Tages, wenigstens soweit es die Seidels betrifft, bahnt sich aber erst gegen Ende Nachmittag an. Angela sieht es zufällig vom Wohnzimmerfenster aus über den Altmarkt nahen.

»Du«, sagt sie aufgeregt zu Florian, »mir scheint, Bürgermeister Mauser macht uns einen Besuch! Leg dich rasch ins Bett oder ... nein, ich hab' noch nicht frisch bezogen, besser aufs Sofa und versuch, noch ein bißchen krank auszusehen. Nur ein bißchen, morgen gehst du ja wieder ins Amt.«

Es klappt bestens. Als Angela das Stadtoberhaupt ins Wohnzimmer führt, bietet Florian, im Hausmantel und mit leichter Decke aufs Sofa gebettet, einen von überstandenen Leiden noch überschatteten, aber doch schon wieder gefestigten Anblick.

Sein Versuch, sich respektvoll zu erheben, wird von Mauser gönnerhaft-herzlich im Keim erstickt.

»Ich bitte Sie, keine Formalitäten, mein lieber Seidel. Nach allem, was Sie in den letzten Tagen durchmachen mußten, haben Sie ein bißchen Ruhe redlich verdient. Ich bin auch nur gekommen, weil ich Ihnen etwas mitteilen möchte, was, wie ich hoffe, dazu beitragen wird, Sie schnell wieder auf die Beine zu bringen.«

Ganz Kavalier, weist er den von Angela für ihn zurechtgerückten Sessel der »Gnädigsten« zu, nimmt selbst stramm auf einem der Stühle Platz und strahlt eitel Wohlwollen aus.
»Zur Sache also«, fährt er fort. »Es wird Sie beide interessieren, daß das – in aller Bescheidenheit sei es gesagt – weltweite Echo der kürzlichen Ereignisse in unserer Stadt, an denen Ihre bezaubernde Gattin –«, er widmet Angela eine galante kleine Verbeugung, »– maßgeblich beteiligt war, schon überaus erfreuliche Folgen gezeitigt hat. Die Nachfrage nach unserem Engelsbrunnen ist in den letzten zwei Tagen sprunghaft gestiegen, und eine Umfrage bei unseren Gasthöfen hat heute ergeben, daß sie für die kommenden Monate bereits fast ausgebucht sind. Daraus ergibt sich, daß Fremdenverkehr und Kurbetrieb in unserem Gemeinwesen künftig eine weit größere Rolle spielen dürften und deshalb behördlicherseits mehr Beachtung finden müssen. Wir haben deshalb beschlossen, ein nur mit diesen Bereichen befaßtes Referat einzurichten und Sie, mein lieber Seidel, zu dessen verantwortlichem Leiter zu bestellen.«
Und als Florian ihm nach einem Moment verdutzten Schweigens in bewegter Rede dankt, fügt Mauser väterlich schmunzelnd hinzu:
»Danken Sie auch Ihrer Frau. Sie hat ja Erhebliches dazu beigetragen. Ohne sie . . .«
Ihm fällt wieder ein, daß er auf dem Weg über den

Altmarkt flüchtig daran gedacht hat, dieser bezaubernden Frau Seidel zur weiteren Belebung des Fremdenverkehrs gelegentliche Schauflüge vorzuschlagen, bei denen sie ein Transparent mit der weithin lesbaren Aufschrift »Trinkt Engelsbrunnen und bleibt gesund!« hinter sich her ziehen könnte. Doch irgendwie ist ihm nicht ganz wohl bei diesem Gedanken, und er läßt ihn fürs erste fallen. Später vielleicht. Man wird ja sehen.
»Wie gesagt, ohne sie«, nimmt er den Faden wieder auf, »ohne ein solches Musterexemplar von Beamtenfrau . . . Ich habe Ihnen ja erst kürzlich erklärt, wie wichtig für das Fortkommen eines Beamten gerade die Ehefrauen sind . . . hätte diese erfreuliche Entwicklung nicht stattgefunden.«
Befriedigt, Frohsinn verbreitet zu haben, wippt er auf strammen Beinchen hoch – ein zu Fernsehprominenz Gelangter hat auch anderwärts Verpflichtungen –, eine Verbeugung für Angela, eine lässig überlassene mollige Hand für Florian. Dann:
»Und nun wünsche ich Ihnen rasche Genesung, Herr Kurdirektor!«

Viel später, als Angela nach dem Abendbrot in der Küche beim Abwasch ist, vernimmt sie aus der Rumpelkammer auf der anderen Dielenseite ein ungewohntes scharrendes Poltern und findet Florian damit beschäftigt, den mit Krempel vollgestellten Raum ein bißchen wohnlicher herzurichten.

»Was machst du denn da?« fragt sie verblüfft.

Er dreht sich ihr betreten zu. Ein Schmutzfleck sitzt ihm auf der Nase, sein sonst so peinlich geordneter Scheitel ist nicht nur bestäubt, sondern auch total durcheinandergeraten.

»Weißt du«, sagt er verlegen, »ich dachte mir, ich räume eine Kleinigkeit auf und mach's gemütlicher, falls wir wieder mal jemand auf der Straße auflesen.«

Sie möchte lachen, verkneift es sich aber, dann ist sie bei ihm, umarmt ihn fest und murmelt mit den Lippen an seinem Hals:

»Wirklich, Schatz, du bist ein Engel!«

»Bloß nicht!« protestiert er. »Einer in der Familie, ob mit oder ohne Flügel, genügt!«